산 자들의 밤

다키구치 유쇼 지음 · 이승준 옮김

제154회 아쿠타가와 상 수상작

산 자들의 밤

다키구치 유쇼 지음 | 이승준 옮김

마르코폴로

차례

산 자들의 밤

1

밀려왔다 빠져나가고 다시 밀려오고, 그렇게 반복하다 어느새 슬픔도 차츰 잦아진다. 장례식장이 철야를 준비하려고 움직일 즈음엔 그 사람을 고인이라 부르고 그 사람이 고인이라 불리는 게 낯설지 않았다.

사람은 누구나 죽으니까 나도 언젠간 죽는 법, 다음 초상은 저기 저 사람 아니면 이 사람? 입 밖으로 꺼내지는 않지만 이런 생각이 계속 든다. 어쩌면 그렇게 서로가 서로의 죽음을 무겁지 않게 생각해 주고 있다는 연대감이 오늘 이 시간의 분위기를 다소나마 누그러트려 기분이 밝아지는 것 같기도 하다.

그만해. 부정 탄다.

그런 생각이 들어도 타는 건 자동차나 비행기지 운운 하면서 누가 말꼬리를 잡는다. 부정 탄다 부정 탄다, 낮은 목소리가 들린다.

보통 말이 많은 하루히사가 술에 취해 그렇게 말꼬리를 잡는다. 꼬투리를 잡고 말끝마다 썩 유쾌하지도 않은 추임새를 넣는 건 기회만 보이면 남을 가르치려 드는 전직 선생님다운 악취미라 할 수 있다.

그런데 하루히사春壽란 복스러운 이름은 장례식장 같은 곳과 안 어울려.

믠 소리야. 난들 이런 화과자 같은 이름이 좋은 줄 알아?

게다가 그는 상주였다. 상주 맡을 다른 사람은 없었을까. 하지만 고인과 이미 10년도 더 전에 죽은 고인의 처 사이의 장자였다. 장례식과 어울리지 않는 그 이름을 지은 것도 고인이었다. 자기 장례식 상주를 본인이 복스러운 이름을 지은 아들이 맡는다. 하늘 위에서 아니면 땅 밑에서 고인은 무슨 생각을 할까.

모르지. 그 사람은 죽었으니까.

시끄러운 아이들 목소리가 들렸다. 복도와 홀을 울린다.

이런 상황에서도 천진난만하게 놀 수 있다. 생로병사의 심각함 따위 생각하지 않는다. 아니 그래도라고 생각을 고친다. 어린이라고 망자의 몸을 딱딱하게 가득 채운 죽음이라는 걸 못 느끼는 건 아니다. 오히려 어른보다 어린이가 더 직관적일지도 모른다.

어릴 때를 떠올리면, 망자가 눈앞에 있을 때 분명히 뭔가 느꼈다.

누가 죽었더라, 죽은 누구 몸이었더라. 친척이라면 지금 상복입고 바쁘게 쟁반에 음식 나르고 술병 들고 왔다 갔다 하고 있는 여기 누군가한테도 가깝거나 먼 친척이 된다.

부정 탄다 부정 탄다. 또 들린다.

마중 보낸 차를 탄 젊은 스님이 염불을 체크하면서 오는 중이다. 승복이랑 안 맞는 스포츠브랜드 나일론 미니백 속 핸드폰이 잘못 켜져서 아까부터 장례식장에 여러 번 잘못 걸린 전화가 왔다. 수화기를 든 사람이 자세히 들어보니 잡음 속에서 연습 중인 염불이 들렸다. 염불 시험이라도 있나, 운전하는 남자는 생각했다. 애초에 차로 모시러 갈 정도의 거리도 아니지 않나. 좀 걸으시지.

고인을 말하자면, 저기 쌓인 초밥통 개수 세고 있는 요시미의 아버지고 그 옆에서 핸드폰을 귀에 대고 본가에 있을 동생 야스오한테 염주 가지고 오라고 부탁하고 있는 다에의 아버지다. 그리고 전화를 받고 있는 야스오, 이들의 형이자 오빠인 상주 하루히사의 아버지이기도 하다. 고인은 다섯 자식을 두었다.

또 아이들 목소리가 울렸다.

미취학 아동은 올 해 세 살 슈토밖에 없으니까 아까 그건 슈토 목소리다. 요시미 딸 사에의 아들, 그러니까 고인의 증손자가 되고 고인은 슈토의 증조할아버지가 된다.

이날 아침, 가마쿠라에서 사에와 사에 남편 다니엘이랑 차로 온 슈토는 본가에서 고인을 대면하면서 처음으로 죽은 사람을 봤다. 봤다라기보다는 만났다라고 해야 맞을까. 슈토는 눈앞에 있는 것이 그때까지 몇 번 본 적 있고 할머니의 아버지라고 어슴푸레 인식하고 있던 증조할아버지임을 알고 있었지만, 동시에 그때까지 자기가 알고 있었던 그 사람과 지금 눈앞에 있는 이 사람은 결정적으로 다르다는 걸 확실하게 느끼고 있기도 했다. 어젯밤에 돌아가셨다, 즉 죽었다라는 소식을 들었을 땐 말의 의미는 알았는데 이렇게 두 눈으로 직접 보니 죽음이 무엇인지 몰라 혼란스러웠다. 하지만 이 정도 혼란은 일상다반사니까 괜찮다. 슈토는 오히려 자기 아빠가 이렇게 되어 버린 할미니 요시미를 걱정했다.

괜찮아. 할머니는 어른이니까. 사에가 그렇게 말하며 슈토의 머리를 쓰다듬었다.

슈짱 착하다. 할머니 걱정도 다 해 주고. 아이고 우리 강아지. 그렇게 말하며 손자 뺨에 뺨을 부비는 요시미 눈에 맺힌 눈물은, 아버지의 죽음보다 손자의 순수한 마음에 젖어서 나오는 걸까.

생각해 보면 그것이 어떤 감정이든, 직접적으로 아무런 자극도 받지 않은 눈동자를 심리적 동요나 변화가 젖게 만드는 일이란 평범한 상상을 초월하는 사태다. 사는 게 다 그렇지 뭐. 너무 안일한데 싶으면서도 그냥 그렇게 결론을 내려 버리지만, 누군가가 죽었을 때 그런 안일한 결론에 바로 다다르지 않고 느끼는 게 조금 더 있다. 어른도 죽음이 뭔지 잘 모른다. 다만 모른 채로 있는 게 익숙하거나 포기했거나 혼란스러워 하지 않을 뿐. 아버지 생이 얼마 남지 않았음을 알았을 때 요시미네 가족은 그 죽음과 친숙해지기 시작한 듯 느꼈다. 자기자신의 죽음도 그게 뭔지는 잘 모르겠지만 시시각각 다가가고 있다, 또는 다가오고 있다. 포기할 수밖에 없는 거지, 그런데 그런 체념은 의미가 없어, 그건 인생을 사는 사람이 아니라 쉬는 사람의 사고야, 인생이란 결국 삶의 한가운데에 있음의 연속이지라는 생각을 손자 슈토와 딸 사에를 번갈아 보며 요시미는 생각했다.

마음 속 혼란은 슈토 옆에 서서 아들 어깨에 손을 얹은 아빠 다니엘도 마찬가지였다. 일본에서 죽은 사람과 대면하는 건 그 역시 처음이었고 죽은 일본인을 보는 것도 처음이었으니까. 일본인 아내를 맞이한 그는 다른 미국인보다 일본의 생사관을 잘 알고 있지만 그래도 실제로 망자와 마주하니, 그 망자가 가는 곳을 생각하는 자신의 상상력에 자신이 없었다.

슈토와 다니엘은 얼굴이 아주 닮았다. 살짝 벌어진 입가의 입술이 향하는 방향과 형태가 똑같다고 사에는 생각했다. 죽은 할아버지 몸에서 시선을 돌려 남편과 아들을 바라보며 그렇게 생각했다. 그러한 일련의 감정과 동작을 할아버지가 보고 있는 것만 같았다. 할아버지의 눈은 어디에 있지? 할아버지 몸에? 천장 아님 창밖? 더 높은 곳? 어디에도 없지만 보고 있는 것만 같았다. 사람이 진짜 이렇게 느낄 수가 있는 건가.

그때의 느낌을 사에는 나중에도 종종 반추했다. 옛날에 할머니와 입가가 닮았다는 말을 자주 들었던 자신이 할머니가 죽었을 때 할머니를 바라보던 모습을 떠올리기도 했고, 만약 내가 죽으면 남편과 아들이 똑같이 저렇게 날 보겠지, 지금보단 더 슬퍼하겠지, 그런 생각도 들었다. 타인의 죽음과 마주한 사람이 자신의 죽음이나 선조들의 죽음을 떠올리는 건 자연스러운 일이다. 부모님의 부모님 그 위의 부모님이 있었고, 거기서 나한테 도달하기까지 어디 한 점이라도 비면 나는 존재하지 않는다는 사실은 족보상으로 또는 언어상으로 이해할 수는 있지만 이렇게 누군가가 실제로 죽었을 때 더 와닿는 법이다. 또는 누군가가 태어났을 때. 한편 또 떠오른 생각은, 부모님의 부모님 그 위의 부모님의 계보 어딘가가 끊어져 있어도 나는 전혀 다른 곳에서 불쑥 태어나지는 않았을까, 분명히 그랬을 거라는 생각이 들었다. 이런 생각이 든 건 처음이었다. 아이를 키우니까 이런 생각이 드는 거라고 사에는 생각했다. 출산을 하고 난 이후로 세계관의 변화 비슷한 걸 느낄 때가 종종 있었다.

예를 들어 남편 다니엘은 미국 위스콘신주에서 태어나 자랐고 사에는 일본 가마쿠라에서 바다를 보며 자랐다. 이렇게 멀리 떨어져 자란 두 사람이 만나 아이를 낳다니, 기적이라는 생각밖에 안 든다. 다니엘을 알기 전에 사귀었던 고등학교 동창과 비교해서 다니엘을 만날 확률은 분명히 더 낮은 거 아닐까.

확률이란 게 그런가?

다니엘이 말하면서 검은 넥타이를 풀었다. 이마와 목덜미에 땀이 흐른다. 정장 버튼을 풀고 갑갑했던 몸이 바람을 쐬자 일본인과 다른 남편의 체취가 났다. 집에 있을 때는 거의 못 느끼는데 이렇게 밖에 있을 때 종종 느낀다. 사에는 그 냄새도 순간도 좋다.

같은 확률 아닐까.

다르지 않아?

다를 수도 있는데 그런 말 하는 게 아니라, 기적은 확률 같은 게 아니잖아?

아~, 기적……우리는 확률이 아니겠다.

사에는 확률 이야기를 하고 싶어? 기적 이야기가 하고 싶어?

그런 질문 스타일 맘에 안 들어 다니엘. 내가 확률 아니라고 말했는데.

미안해.

다니엘에게 사에를 만나 같이 사는 지금 삶의 기적은 확률로 설명할 수 없다. 하고 싶지 않다. 하지만 확률 이야기는 더 안 해도 되고 확률 이야기가 하고 싶은 게 아니라고 사에가 말하고 있는데도 확률이란 건 말이지라는 식으로 억지로 논리정연함을 꾸며 확률에 대해 생각하는 게 오히려 기적의 가치를 높이는 것처럼 느껴졌다. 그리고 실제로 둘의 실감 속에서 기적의 가치는 올라갔다.

확률이 아니야.

우리가 만난 기적은 확률로 계산할 수 없어.

그렇게 결론을 맞춘 후에 그렇다면 기적이란 무엇인가에 대한 검토가 시작되는가 하면 다니엘은 일단 만족한 걸까, 그 이상 이야기를 잇지 않았다. 사에도 함께 만족하고 있다.

나도 다다미[1] 위에 아빠다리로 앉아서 술 마셔도 되겠지? 라고 말하는 다니엘이 너무 일본인처럼 보였다. 유창하지만 외국인 느낌이 남아 있는 말투와 겉모습에도 불구하고, 바닥에 앉아 있는 모습과 주위에 시선을 두는 동작이 그렇게 보이는 걸까. 아니면 원래 이 사람이 지닌, 어떤 일이든 수동적으로 수용하며 상황에 맡기는 모습에서 외국에 있는 일본인을 연상시키는 걸까. 이렇게 친구나 직장 동료 남성보다 남편이 왠지 더 일본인처럼 느껴지는 일이 사에한테 종종 있었다.

괜찮아 마셔. 엄마랑 어른들이 움직이고 있으니까 우리는 괜찮겠지. 마시고 싶으면 마셔도 돼.

사에가 말하자 술 가지고 와야지라며 다니엘이 방을 나갔다.

철야가 끝나고 홀에서 술자리가 벌어졌다. 졸린 슈토가 잠투정을 부려서 셋이 친척 휴게실로 가는데 도중에 만난 히로키가 슈토를 데리고 앞마당에 놀러 나갔다.

중학생 히로키는 슈토한테 뭐가 되지? 사촌? ……은 아니고. 히로키는 사에의 사촌 히로시의 자식이다. 외사촌의 자식을 뭐라 부르는지 사에는 생각했지만 모르겠다.

친정은 친척이 많은 가계였다. 어릴 때부터 친척들 호칭에 대해 생각한 것 같다. 7시 반을 넘어 어둡지만 앞마당은 어른들이 술자리를 벌인 홀과 이어져 있어 눈이 닿는다. 하지만 조금 있다가 슈토를

---

1) 일본 가옥의 전통 바닥재.

부르러 가야겠다고 사에는 생각했다. 오늘은 미리 예약한 숙소에 묵을 예정이다. 늦어도 아홉시 넘어 차로 갈 생각이었다. 다니엘이 술을 마실 거라는 건 애초에 알고 있었다. 운전은 내가 해야겠네.

다니엘이 잔과 맥주병을 들고 돌아왔지만 앉자마자 병따개가 없음을 깨달았다. 오우라고 탄식하며 고개를 숙였다.

사에가 줘봐라며 맥주를 들고 창가로 걸어가 알루미늄창틀에 뚜껑을 걸고 재빨리 병을 든 손을 아래로 내렸다.

별다른 소리 없이 뚜껑을 땄다. 옛날에 삼촌한테 배웠어라고 다니엘에게 병을 건네며 사에가 말했다. 그 삼촌이 오늘 와 계신 많은 삼촌들 중 누굴 말하는지 다니엘은 몰랐지만, 맥주병을 창틀에 댈 때 사에의 동작과 자세는 분명 아재 느낌이었다. 고인도 어쩌면 그런 동작으로 자세로 우리 부부가 만나기 전에, 아니 태어나기 전부터, 이 세상을 살고 있었을까. 그의 자세와 동작을 볼 일은 절대로 없겠구나라고 다니엘은 일본어로 생각했다.

2

철야 장소는 사찰이나 전용 장례식장도 아니고 이 지역 집회소다. 여기는 고인의 집, 그러니까 고인의 자식들 본가에서 걸어서 10분 정도 거리에 있었다. 집회소 옆엔 언덕이라고 말하는 편이 더 적당해 보이는 낮은 산이 있고 그 산기슭에 있는 돌로 세운 문으로 들어가 역시나 돌로 만든 계단을 오르면 중턱에 이나리신사가 있었다. 신사는 겨우 수십 미터 정도 되는 높이에 있어서 집회소 앞마당에서 올려다봐도 가깝게 느껴졌지만 지금은 밤이라 산의 나무들과 함께 까만 어둠에 묻혀 있었다.

마당은 아이들이 야구를 할 수 있을 정도의 넓이로 정사각형에 가까운 사각형 모양이다. 구석에 벤치 몇 개가 있었다. 한쪽이 집회소 홀과 접해 있어서 안에서 새어나오는 빛과 목소리 덕분에 아이

---

2) 곡물, 농업의 신 이나리노카미稲荷神를 모신 신사로 일본 전국에 산재한다.

들은 밤에 실외에 있어도 불안하지 않았다. 그리고 전등이 하나 설치되어 있기도 했다. 지면이 깔끔하고 돌과 잡초가 없는 건 평소 여기서 근처 노인들이 게이트볼을 하기 때문인데, 지면에 설치된 얇은 로프가 코트 영역을 구분했다. 고인도 생전에 여기서 친구들과 경기를 즐겼다.

슈토를 데리고 마당에 나온 히로키, 그리고 히로키 동생 료타는 지금 그 로프를 돌돌 말아서 땅에 박아 놓은 말뚝을 하나씩 뽑고 있는 중이었다.

어디서 주워 온 건지 쇠꼬챙이를 말뚝에 걸고 뱅글뱅글 돌면서 잡아당기면, 처음엔 굳어 있던 땅바닥이 점차 부드러워져 말뚝 구멍이 넓어지고, 마침내 생각보다 긴 말뚝이 튀어나온다. 구멍에서 말뚝을 뽑는 그 감촉이, 완전히 반대 동작인데도 왠지, 성기에 성기를 넣는 그 느낌과 너무 닮아서 그후 그들은 결정적인 장면에서 종종 그 감촉을 떠올리게 되었다.

물론 그건 훨씬 나중에 맛보는 시큼함과 달콤함이다. 아직 말 그대로 머리에 피도 안 마른 어린 아이들이었다.

지금 네 개째, 그러니까 마지막 말뚝을 뽑는 건 료타였다. 그 옆에서 히로키가, 너 들키면 혼난다라며 웃고 있었다. 둘 다 금색 버튼의 감색 재킷에 넥타이를 맨 중학교 교복 차림이지만 형 히로키만 중학교 재학 중이고 료타는 아직 초등학교 6학년이었다. 장례식에 입고 갈 적당한 옷이 없어서 형의 예비 교복을 빌려 입었다. 전부 뽑아 버리자라고 애초에 료타에게 말한 건 히로키로 내가 할래라며 먼저 말뚝 2개를 뽑은 것도 히로키였다. 세 살 슈토는 말뚝을 뽑을 정도의 힘이 아직 없다. 둘을 졸졸 쫓아다니며 뽑힌 말뚝을 지면에 꽂거나 말뚝에 달린 로프로 말뚝을 휘두르며 논다.

코트를 지정하는 꼭짓점의 말뚝을 전부 뽑은 료타는 더 놀 게 없어서 한동안 그냥 형을 보며 웃고 있다가, 이윽고 말없이 건물 쪽으로 달려가 반 정도 열려 있는 창문 앞에서 신발을 벗고 홀로 들어갔다.

여름엔 다 열어 놓을 수 없지만 지금은 냉방도 난방도 필요 없는 시월이다. 그다지 벌레도 없다.

좋은 계절에 돌아가 주셨어.

그런 농담조의 말도 이미 몇 명인가 했다. 토털 30명 정도가 먹고 마시고 있는 홀은 담배 연기와 냄새로 꽉 차 있었다. 환기 때문에 창문은 계속 열어 두었다.

흡연자가 많았다. 담배를 싫어하는 사에가 그곳을 빠져 나온 건 담배연기와 냄새를 견딜 수 없었기 때문이다. 슈토의 잠투정은 반 핑계였다.

젊은 시절 애연가였던 고인은 십 몇 년 전에 위가 약해진 이후로 담배를 끊었지만 오늘 이 공간에 모인 친구, 아들딸, 친척은 한잔 마시고 한 대, 초밥 하나 먹고 한 대, 이런 식으로 계속 불을 붙이고 연기를 뱉었다.

생각해 보면 이 집 사람들이 모일 때 옛날부터 항상 연기가 가득했다.

옛날이야기와 함께 뿜어져 나오는 연기에 고인의 죽음, 혹은 언젠가 맞이할 자신의 죽음이 오버랩된다. 술자리 초반에 자제하는 이야기소리와 함께 홀 여기저기서 연기가 피어오르는 풍경은 신비롭기도 했다. 아, 누군가의 장례식 때도 난 이렇게 연기를 보고 있었지, 언제더라라고 생각했다. 하지만 그것도 술자리 초반뿐이다. 차츰 말소리가 커져 공간을 널리 울리기 시작한다. 경제 이야기 정치 이야기가 들린다. 거친 웃음소리가 퍼지고 야한, 아니 외설적인 단어가 섞이기 시작한다.

조문객 사이를 돌며 술을 따르는 사람은 상주 하루히사를 비롯한 고인의 자녀들과 나이가 많은 손주들이었다.

손주 10명 중 아직 고등학생인 지카와 에이타, 그리고 중학생인 신야와 미아와 요코는 한쪽 구석에 자리 잡고 주스를 마시면서 초밥을 먹고 있었다. 때때로 서로의 휴대전화와 게임기를 보여주며 말을 주고받는다. 누가 누구 자식이고 누가 누구랑 형제인지 정확히 아는 친척은 극히 일부로, 당사자들도 위로 나이 차이가 많이 나는 저 사람이 사촌인지 아니면 친척어른뻘인지 구분을 잘 못한다.

신야와 미아는 고인의 막내 가즈히데의 자식인데 이름의 한자를 보고 도대체 어떻게 읽어야 하는 건지 친척들이 여러 번 묻지만 대답을 들어도 기억하지 못한다. 또는 이름은 알지만 한자를 기

억하지 못한다. 이런 사정도 한몫해서 부모자식 관계, 형제 관계가
더 복잡하게 다가온다.

신야, 숲森의 밤夜이라 쓴다.

미아, 바다海의 아침朝이라 쓴다.

초하루一日의 일출日の出이라 써서 가즈히데.

가즈히데 본인은 설날 아침에 태어났다고 붙인 자기 이름을 딱
히 싫어하지 않았나. 형세 중 비교적 내성적이며 어릴 때부터 튀는
행동을 안 했다고 다들 입을 모아 말했다. 언제나 형누나들 뒤에
서 자기 몫을 가늠하고 그 이상은 요구하지 않는 그런 타입이었다.
묘한 이름도 그렇고 유년시절부터 막내로서 형과 누나들이 하라는
대로 움직여야 했던 처지도 그렇고, 옛날부터 왠지 체념이 깃들어
있는, 변화가 없어 보이는 표정으로 그 모든 걸 받아들여 왔다.

흔치 않다면 흔치 않은 두 아이의 이름을 지은 건 가즈히데가
아니라 그의 아내 나나에였다. 정확히는 신야와 미아라는 발음은
가즈히데와 나나에 둘이서 생각했지만 한자는 나나에 아이디어였
다. 한자의 유래도 물론 있지만 읽는 방법도 제대로 기억하지 못하
는 친척들에게 일일이 설명할 마음은 부모는 물론 당사자들도 생
기지 않을 것이다. 이젠 대부분 모른다.

차분하고 내성적인 가즈히데한테 자네 같은 아내라니.

얼핏 들으면 구박처럼 들리는 그런 말이 나나에를 향할 때가 있
다. 뒤가 없는 만큼 배려도 없는 시누이와 친척들의 말은 직설적이

기에 긍정적으로 들리기도 하지만 그것은 친척에게도 친구에게도, 나아가 남편과 자식에게도 드라이하고 때때로 냉담해 보이기까지 하는 나나에의 귀가 그렇게 듣는 걸지도 모른다. 일단은 복잡한 트러블로 전개되지 않아서 다들 내심 안심하는 분위기다. 여자들이 티격태격하면 집안 분위기 까다롭지.

하지만 나나에의 속마음은 알 수 없다. 어쩌면 남몰래 상처받고 있을지도.

결혼 때부터 개성있고 화려한 여자라는 소리를 듣는 일이 왠지 많았다. 그건 다른 무엇보다 그녀가 젊기 때문일 뿐 특출나게 개성적이지도 화려하지도 않다. 그저 그녀는 아주버님과 시누이들, 또 다 누가 누군지 잘 모르겠는 손위 시댁친척들보다 확실히 젊어서 그들이 보기에 그녀 한 사람만 세대가 다른 인간이었다. 가즈히데와 여덟 살 차이, 결혼 당시 그녀는 스물 두 살로 겉모습도 앳됐다.

이른바 속도위반이었던 것도 그런 인상 굳히기에 한몫했겠지만, 거기에 더해 신주쿠에서 태어나고 자란 부분도, 같은 간토 지방이지만 사이타마 서쪽, 도쿄와 가깝지 않은 지역에 사는 사람들이 보기에 그녀의 출신지가 과격하게 느껴져서 마치 가부키초 한복판에서 성장한 것만 같은 상상을 멈출 수 없다. 그러나 실제로 나나에는 오치아이 주택가에서 극히 평범한 어린 시절을 보내고 성장했다.[3]

---

3) 가부키초歌舞伎町는 도쿄 신주쿠구 내 환락가로 유명한 지역. 오치아이落合는 신주쿠구의 한적한 주택가.

한편 조카들과는 나이도 가장 가깝고 성격도 시원시원해서 잘 어울렸다. 예를 들면 고인의 손주 일동 중 이미 스무 살을 넘겨 지금 돌아다니면서 조문 오신 이웃 노인들의 술잔을 채우고 있는 다카시가 서른 두 살이니까 서른여섯 살 나나에와 네 살 차이밖에 안 난다. 그러니까 남편보다 더 나이차가 적은 조카인 것이다. 형제자매가 많은 옛날이라면 그리 신기한 일도 아니겠지만, 예를 들어 지금 다카시 술을 받고 있는 노인이 저쪽에서 고인의 게이트볼 친구 노인 덴짱에게 술을 따르고 있는 나나에와 다카시가 숙모조카 관계임을 맞출 수 있을까. 아니 것보다, 이 청년은 누구지? 고인한테 뭐지?

숭고한崇 뜻志이라고 써서 다카시입니다.

이름을 듣고 청년한테 일단 술을 따라준다. 자네는 누구 아들인가?

하루히사의 아들입니다.

아아 하루히사 자식이구나라고 납득한 다음 그럼 저기 저 처자는 누구 자식인가? 이렇게 묻자 나나에 누나 말인가요?라고 말하니까 노인은 나나에를 다카시의 누나이자 하루히사의 자식으로 인식한다.

지금 이곳에 모인 손주들 가운데 최연장자인 다카시는 자신이 고등학교 3학년 때, 즉 열여덟 살 때 생긴 스물두 살 숙모를 숙모라고 도저히 부를 수가 없었다. 그렇다고 나나에 씨라고 부르는 건 어

딘가 어색하고, 동생 마사히토와 함께 언제부턴가 나나에 누나라
고 부르는 걸로 정착했다.

　동생 마사히토, 동생 마사히토……라고? 마사히토란 친구도 있
었나?

　예, 오늘 오지 못했습니다. 직장 때문에 가고시마에 살아서요.
날씨가 안 좋아서 비행기 결항 때문에.

　그래서 마사히토는 오지 못했다. 지금도 가고시마에 있다. 초상
집과 가고시마 사이의 거리는 상당히 멀다. 지금 아무도 마사히토
를 상상하거나 화제로 꺼내지 않는다. 다카시도 2, 3년 정도 마사히
토를 만나지 못했다. 역시나 오늘 이곳에 오지 못한 형 히로시는 5
년 전부터 행방불명이라고 들었다.

　아, 규슈 쪽에 태풍 온다던데.

　네, 그렇습니다.

　노인은 자신에게 술을 따르는 이 젊은이가 누군지 잘 모른다.
다카시도 눈 앞의 노인이 누군지 잘 모르지만 술을 따르고 있다.
이 노인은 고인의 불알친구 핫짱이라는 사람이다.

3

마당 쪽 창문으로 들어간 료타가 테이블과 사람들 사이를 빠져나가 아이들이 모여 있는 구석 쪽에 도착하자, 으악 술 마시고 있잖아라고 지카와 에이타를 보며 말했다.

컵에 따른 맥주에 입을 대며 고등학교 2학년 동갑내기 에이타와 지카는 내년 대학입시 이야기를 하고 있었다. 다에 딸 지카는 중고교 일체형 사립 고등학교를 다니고 있는데 대입은 추천전형을 노리고 있지만 공부도 별로 안하고 있어서 어려울지도, 아니 고등학교 입학 때도 시험 안 쳤는데 대학 입시는 진짜 어려울 것 같단 말야. 학원? 안 다녀봤어.

그렇게 말하면서 지카는 컵에 반 정도 남은 맥주를 입에 털었다. 맥주 맛없다. 츄하이 없어?

상갓집에 그런 술은 없지.

에이타가 말하며 지카 컵에 맥주를 따랐다. 에이타는 야스오의 장남이다. 홀 이곳저곳의 친척들 어른들 흉내를 내며 괜히 불량스러운 말투를 써 보지만 영 어색하다. 에이타보다 두 살 어린 현재 중학교 3학년인 여동생 요코는 오빠와 떨어져서 다른 사촌들과 나란히 앉아, 젠체하듯 술 마시는 모습을 사촌동생들과 친척들에게 일부러 피력하려고 하는 오빠를 차가운 시선으로 바라보며 콜라를 마시고 있었고 그 차가운 시선에 지카가 속으로 공감했다.

야, 료타.

신야한테서 뺏은 핸드폰으로 미성년자 에이타와 지카의 음주 장면 사진을 찍으려는 료타를 에이타가 부르자, 큰 소리로 왜애? 라고 말했다.

쉿, 세운 손가락을 입술에 붙여 신호를 보내도 계속 사진을 찍으려 하자 에이타는 다시, 화난 목소리로 야, 하고 부르자 신야에게 전화를 돌려주고 료타가 가까이 왔다.

왜.

복도 중간 방에 냉장고 있지? 거기 가서 츄하이 있음 가져 와. 아님 바닥에 큰 아이스박스 있을 거야, 그 안에 있을지도 몰라.

나쁜 짓의 공범자 역할을 부여받아 기쁜 료타는 응, 하고 말하고 홀 중앙으로 달려갔다.

자기 컵에 맥주를 따른 에이타는 한 입에 반을 마시고 크게 트림을 했다.

지금 모습, 그러니까 이유는 잘 모르겠지만 교복 바지 양쪽을 무릎까지 걷어 올려 탄 건지 그냥 더러운 건지 알 수 없는 까만 피부와 짙은 다리털을 다 드러낸 채 앉아 있는 그 모습이 평소 학교생활에서 볼 수 없는, 그렇기에 혼자서 이리저리 상상해 보는 동세대 이성의 실제 예다라고 지카는 생각했다. 지카가 다니는 학교는 여고였다.

에이타는 축구부였다. 에이타는 스포츠 양말을 뒤꿈치까지 벗어서 양말이 발가락 끝에 걸려 있는 것처럼 보인다. 벗을 거면 벗든지.

난 축구가 좋으니까 입시 같은 거 모르겠다라고 말하고 에이타는 또 크게 트림을 했다.

모르긴 뭘 몰라.

어케 되겠지. 김밥을 입에 넣고 오물오물 씹어 삼킨 다음 곧바로 또 하나 입에 넣었다. 뭐랄까, 행동 하나하나가 불량스럽고 추해 보인다고나 할까. 이런 애도 여친은 또 있다니. 뭐 시답잖게 만나서 대충 사귀고 있겠지라고 지카는 생각한다. 여친도 분명 안 예쁠 거야. 아닌가.

본인도 미인이 아님은 자각하고 있다. 지카는 홀을 둘러보며 친척 어른들의 얼굴을 관찰했다. 다들 딱히 칭찬 들을 만한 부분이 없는 수수한 생김새다.

친척들은 당연하다면 당연하지만 얼굴 생김새가 부분부분 닮았다. 혈연이 없는 배우자들도 이유는 모르겠지만 어딘가 닮았다. 특히 요시미 이모 남편인 가츠유키 이모부와 지카 아버지인 겐지는 혈연관계가 하나도 없는데도 이렇게 친척이 모이는 장소에 둘이 같이 있으면 형제라는 생각이 들 정도로 얼굴도 분위기도 닮았는데, 이 이야기도 아까부터 여기저기서 화제에 오르고 있다. 말하자면 이 일족의 경조사 자리에서 무조건 입에 오르는 단골메뉴와도 같다.

가츠유키와 겐지는 얼굴이 닮았을 뿐만 아니라 동갑에 사이도 좋았다. 이런 자리가 아니라도 종종 둘이서 만나 한잔 할 때도 있다. 원래 닮은 건지 아니면 피를 나눈 자매를 아내로 맞아 오래 친교를 다지다 보니 점점 닮게 된 건지. 설명하기 어렵지만 어쨌든 닮았다.

요시미와 가츠유키는 결혼 30년째. 다에와 겐지도 결혼 30년째. 같은 해에 결혼한 두 부부지만 결혼 당시 각각 남편 직장 때문에 요시미 부부는 후쿠오카에, 다에 부부는 도쿄에 살았다.

보험회사 영업사원 가츠유키는 후쿠오카 근무 이후에도 일본 각지를 전근했는데 외동딸 사에가 태어난 곳도 분명 센다이였다. 결혼 전엔 가츠유키와 같은 회사 사무직이었던 요시미는 결혼 후 퇴사하고 주부가 되었다. 사에가 중학교 진학할 무렵 도쿄 본사 발령을 받아 가츠유키의 본가가 있는 가마쿠라에 집을 샀다. 그후 요코하마 지부로 전근, 이제는 정년까지 인사이동은 없을 것 같다.

사실 이런 대략적인 정보는 설령 친척이라고 해도 어디 한 부분이 빠졌거나 틀릴 수 있으며 하물며 당시를 직접 보고 경험한 것도 아닌 지카가 파악하고 있는 정보 중 분명한 것은 현재 가마쿠라 거주라는 부분 정도로, 나머지는 언젠가 들은 적 있는 것 같은 느낌이 들 뿐이다. 전부 틀렸을지도 모른다.

반면 우리 아빠엄마인 겐지와 다에에 관해서는 당연히 더 자세히 알고 있다고는 하지만 가만히 생각해 보면 정보량은 물론 많지만 가족사로서 중요한 토픽을 정리해 보니, 자신이 태어나기 전이나 유년기에 관해 알고 있는 부분은 다른 친척집에 대해 알고 있는 정보와 크게 다를 바가 없다. 가장 먼저 떠오르는 건 취한 아버지가 화장실 문을 잠근 채 잠들어 버린 사건이나 가족여행 갔을 때혼자만 반대방향 열차를 타 버린 지카가 일으킨 소동 등, 가족끼리자주 화제에 오르는 시시콜콜한 에피소드나, 또는 옛날에 키웠던 강아지 베스 이야기뿐이다.

결혼 후 부부는 미카와 아니면 조후에 살았는데 오빠 요시유키가 태어난 다음에 이사를 갔다. 그런데 그게 미카와에서 조후로 간건지 조후에서 미카와로 간 건지, 태어나기 전은 여러 번 들어도 기억이 정착하지 않는다. 영상이나 소리가 동반되지 않으니 국사나세계사 암기와 별반 다를 게 없다. 역사 과목이 특히 약하고 싫다.

백화점에서 일했던 겐지와 간호사였던 다에 부부는 이사는 여러 번 했지만 쭉 도쿄에 살았다. 지카가 태어나고 스기나미로 이사와서 처음으로 살았던 하마다야마의 집은 하나도 기억이 없고, 그다음에 살았던 니시에이후쿠 집도 희미하게 기억할 뿐이다. 하마

다야마도 니시에이후쿠도 평소에 자주 가는 곳이 아니라 어떤 동 넨지 잘 모른다.

겐지와 다에가 결혼하고 20년이 지났을 때 가족은 요코하마로 이사갔다. 이 이사는 지금 이곳에 없는 장남 요시유키의 존재와 깊 은 관계가 있다. 요시유키 열 여덟 살, 지카가 초등학교에 입학했을 때였다.

지카와 열 살 터울인 요시유키는 유치원, 초등학교를 거치며 또 래 아이들과 별반 다를 바 없이 성장했다고 들었다. 그러나 중학교 입학하고 반 년 정도 후에 학교에 안 가고 방에 틀어박혀 지내는 날이 늘었다.

다에와 겐지는 따돌림이나 체벌이 있나 염려했지만 본인은 그 게 이유가 아니라고 말했고 담임선생님도 따돌림은 없다고 말했다. 그렇다고 곧바로 안심한 건 아니었는데, 학교는 안 가도 친구들이 자주 집에 놀러왔고 그럴 때마다 요시유키는 반갑게 방에 들여 같 이 비디오게임을 하거나 악기를 연주하며 놀았다. 어두운 표정을 자주 보이는 평소에 비해 친구들과 노는 아들이 매우 즐거워 보여 서 다에도 겐지도 요시유키의 교우관계에 문제가 있다고는 생각하 지 않았다.

친구들은 방과 후에 놀러왔다가 밤에 돌아간다. 동아리 활동이 있으면 끝나고 일부러 들렀다 간다. 돌아가면서 내일 보자며 인사 를 주고받는데 내일 학교에서 보는 게 아니고 방과 후에 각자 기타에 빌린 만화책에 과자나 간식거리를 들고 요시유키네를 찾아오는 것이었다. 겨울방학이 끝나고 2학년 1학기가 시작될 무렵 요시유키는 완전히 등교를 하지 않게 되었다. 친구들은 변함없이 매일 찾아왔다.

도대체 왜? 어느 날 다에는 집에 가는 친구들을 뒤따라가 붙잡고 물어본 적이 있다. "왜 너희들은 매일 오는 거니?"라는 질문과 "왜 요시유키는 학교를 가지 않니?"라는 질문 두 개였다. 이렇다 할 이유와 원인을 알 수 없는 아들의 등교거부가 부모는 매우 난감했다. 해결의 실마리는커녕 이유조차 안 보인다는 점에서 초조하기도 했다. 둘 다 하는 일이 있었고 지카 육아도 해야 했다. 하지만 친구들의 대답은 반은 예상한 대로 알맹이가 없었다.

음, 저희도 잘 모르겠어요.

욧짱이 변한 것도 아니고 따돌림 당하는 것도 아니고 어디 아픈 것도 아니니까 걱정 안 하셔도 돼요.

욧짱이 학교 오면 좋긴 한데 그건 개 자유니까요.

맨날 우르르 왔다 가서 죄송합니다.

학교에 가지 않는 건 분명 요시유키의 자유다. 어릴 때부터 사려 깊고 내성적인 경향이 강한 아이였다. 아들 나름대로 생각하는 게 있을 거고 그걸 존중하고 싶은 마음이 없는 건 아니다. 그렇지만 부모로서 가만히 있을 수도 없는 노릇이다. 게다가 요시유키 보러 오는 친구들도 점점 등교를 하지 않고 낮부터 요시유키 방에 모이기 시작했다. 술 마시고 담배 피는 건 아니고 전과 다름없이 방에서 게임하고 만화책 보고 때때로 다 같이 어디 나가기도 했다. 돈이 없으니 번화가에 놀러 나가는 것도 아니었고, 공원이나 도서관 같은 곳에서 보내는 시간이 많은 모양이었다.

당연히 학교와 친구들의 가정에서도 이런 상황을 문제시하게 되었다. 요시유키가 친구들을 선동했다고 여겨졌지만 친구들의 증언에 의해 아닌 걸로 밝혀졌고 그렇다고 무언가가 밝혀진 게 있냐고 하면 아무것도 밝혀지지 않은 채로 그들은 자연스럽게, 적어도 표면상 아무 극적인 이유나 계기 하나 없이 천천히 의무교육으로부터 멀어졌다.

2학년 여름방학이 오기 전에 요시유키의 친구 여덟 명은 완전히 등교를 하지 않게 되었다. 가끔 등교는 하지만 기본적으로는 학교에 잘 안 가는 친구 몇 명을 더하면 요시유키 방에 모이는 아이들은 열 명이 넘었다.

그들은 불량소년이 된 것인가? 아니라면 무엇일까?

이렇다 할 이유가 없으니 설득도 어렵다라고 부모들은 말했다. 그들은 무언가에 강하게 반발하거나 열중하지도 않지만 그렇다고 무기력하고 멍하게 지내는 것도 아니었다. 1년 뒤에 고등학교 입시다. 그들 입에서 진로나 장래에 관한 말이 나오는 일은 거의 없었지만 겐지와 다에를 비롯한 다른 부모들도 어떻게든 고등학교는 진학해 주기를 바라고 있었는데 성적이 안 좋아서 진학이 어려운 아이는 요시유키를 포함해서 아무도 없었다. 그리고 그들도 나름대로 진학 생각을 하는 건지 자발적으로 스터디를 가지는 분위기였다. 이처럼 험악한 반항을 하는 것도 아니고 그렇다고 무기력한 것도 아닌 그들은 주변의 이해를 더욱 어렵게 만들었다.

여기까지 떠올린 지카는 우리 가족에 대해 내가 잘 모르는 이유는 이 오빠의 존재가 크다는 생각이 들었다. 오빠랑 열 살 차이니까 당시 세, 네 살이었던 지카는 등교거부 시절의 오빠를 잘 기억하지 못한다. 니시에이후쿠의 방 2개짜리 아파트, 좁은 오빠 방에 모이는 마치 어른처럼 느껴졌던 중학생들의 풍경이 어렴풋이 떠오른다. 당시에 진짜로 본 광경인지는 본인도 애매하다. 오히려 그 당시 오빠 때문에 고민이 많았을 엄마가 침대에서 자던 지카나 식사 중인 지카를 갑자기 꽈악 끌어안던 모습을 떠올린다. 아플 정도로 꽈악. 나를 이뻐해 주고 있다고 당시 막연히 느꼈던 것 같긴 해도 지금은 당시의 엄마에게 있어서 내 존재가 잠시나마 기댈 수 있는 안식이었을지도 모른다는 생각을 한다. 아직 이에 대해 물어본 적은 없지만 후에 어머니와 딸은 그런 이야기를 주고받을지도 모른다.

듣고 보니 그러네. 그랬을지도 모르겠다. 우리 딸이 있어서 다행이었나 보다.

그렇게 애매모호한 뉘앙스를 남겼지만 실제론 딸이 이야기하는 그때 그 순간을 다에는 명확하고 정확하게 기억한다. 갑작스럽고 맥락도 없는 그런 행동이 딸의 기억에 남을 리가 없다고 생각하면서 충동적으로 딸을 껴안았지만, 설마 십 년도 더 지나 그때 내 나이랑 비슷한 나이에 이른 딸이 그때 그 일을 물을 줄이야.

이때 딸도 자식이 있을지도 모른다. 만약 그렇다면 엄마와 그 엄마의 자식 사이에 껴 있는 그 자식의 딸의 생각은 더 복잡하겠지.

지카의 사촌이 되는 사에가 말한 것처럼 다에와 지카가 공유하는 그 감개는 어느 부모자식이건 느낄 수 있는 흔해빠진 것일지도 모르지만, 흔해빠졌다고 해서 언제나 쉽게 닿을 수 있는 감정은 아니다. 어느 순간, 예전부터 여러 번 들은 적 있는 어떤 감개에 닿았을 때, 그 느낌이 흔하면 흔할수록 거기엔 내가 아는 사람들과 내가 모르는 사람들의 감개까지 겹겹이 쌓여 있다.

지카의 시선이 향하는 엄마 다에는 지금 고인의 남동생, 그러니까 엄마의 작은 아버지에 해당하는 노인과 뭔가 이야기를 하고 있다. 다에는 평소에도 술을 자주 마셨다. 지금도 대화 중인 노인보다 더 빠른 페이스로 맥주잔을 비우고 자작해서 채운다. 눈이 또렷하다. 주정을 본 적은 없지만 전에는 마시지 않던 다에가 저녁마다 술을 마시게 된 건 요코하마 이사 후, 즉 요시유키 등교거부 시기부터라고 하는데 이것도 어디까지가 진짠지.

천천히 학교로부터 멀어진 요시유키의 친구들은 반 년 정도 후에 다시 천천히 학교로 돌아갔다. 요시유키만 여전히 등교거부 중이었지만 자동적으로 학년이 올라 3학년 2반이 되었을 때, 그는 졸업하면 요코하마 외곽에 있는 사립고교에 진학하겠다는 의사를 내비

쳤다. 교칙이나 교복이 없고 자유로운 교풍으로 알려진 학교였다.

아~그래서 너네가 요코하마로 이사간 거네. 요시유키 형 진학 때문에.

벽에 등을 기대고 테이블 아래로 다리를 뻗은 에이타는 맥주병째로 마시고 있었다.

더 이상 추태를 보고 있기 싫어서 지카는 맞아라고 대답하고 일어서서 슬리퍼를 신고 복도로 나갔나. 슈하이 가지러 간 료타가 안 온다.

오빠의 등교거부, 아니 등교거부로부터의 탈출이 되는 고교 진학을 기점으로 우리집이 요코하마로 이사갔지라고 지카는 원래 알던 과거를 방금 속으로 재확인했는데 지금 그런 역사가 새삼 신선하게 느껴지는 이유는, 당시 여섯 살이라 그런 오빠 관련 경위도 몰랐던 지카에게 있어서 그때의 가족이란, 어렴풋이 기억하는 니시에이후쿠의 집과 동네 풍경과 요코하마 도츠카구 집과 동네 풍경뿐이었기 때문이다. 그 안에는 자신을 포함해서 자기 목소리를 가진 사람은 존재하지 않았다.

그때, 다소 먼 지하철역까지 걷는 시간도 포함해서 긴자까지의 통근시간이 전보다 한 시간 정도 늘어난 아빠와, 그때까지 하던 간호사 일을 이사 때문에 그만두고 요코하마에서 새 직장이 안 구해져서 복직 의지는 있지만 가정에 복귀하게 된 엄마 사이가 자주 험악해졌다. 그런 엄마를 걱정해서 가마쿠라로 이사와 있어서 집이 가까운 요시미 이모가 매일같이 우리집에 왔다, 아빠는 아빠대로 집이 가까워진 가츠유키 이모부와 친해져서 얼굴까지 닮아갔다, 이런 이야기는 바로 그 시절에 엄마가 술맛을 깨우쳤단다라는 이야기와 마찬가지로 전부 나중에 들은 고생한 시절, 고민했던 나날의 스토리지 지카 자신의 기억은 아니다. 따라서 시간이 흐르면 분명 아무도 없는 어렴풋한 기억으로 되돌아간다.

복도 중간에 있는 탕비실을 들여다보니 료타가 아이스박스 앞 의자에 앉아 츄하이 캔을 마시고 있었다. 그 옆엔 다 마신 걸로 보이는 빈 캔이 하나 있으니 지금 마시고 있는 게 두 캔째인 모양이다. 생각에 잠긴 표정으로 아무것도 없는 정면을 뚫어져라 쳐다보고 있다. 낯선 알코올 때문에 초등학교 6학년의 머리와 몸이 어지러운 걸까. 왠지 모르게 어른스러운 표정이다. 료타 아버지는, 지카가 속으로 혼잣말했다. 히로시라는 사람. 오 년 전에 행방불명된.

지카는 멈춰 서서 료타를 보고 있었지만 료타는 전방을 보며 입에 츄하이를 넣고 있어서 지카를 눈치채지 못했다. 지카는 말을 걸지 않고 그대로 걸어가 복도 끝 큰 방으로 들어갔다.

몇 시간 전까지 철야 장소였던 실내는 어두컴컴했다. 안쪽 제단 위만 불이 켜져 있었다. 제단 중앙 아랫부분에는 할아버지 사체가 들어가 있는 관이 꽃장식에 파묻힐 듯 있었다. 빛이 닿는 끝엔 가운데가 통로고 그 양쪽에 철제의자가 늘어서 있다.

내일은 이곳 같은 장소에서 고별식이 있다. 통로를 따라 가다가 늘어서 있는 의자 맨 앞줄 끝에서 인기척을 느꼈다. 그와 동시에 인기척이 이쪽을 돌아봐서 지카는 자기도 모르게 소리를 질렀다.

하하, 놀란 지카를 보며 웃는 사람은 가즈히데였다. 놀라게 해서 미안.

삼촌 뭐해요?

향 피워.

제단 앞쪽 단壇 위에 초와 둥근 불기佛器가 있고 불기 안에 향이 피워져 있다. 촛불의 불은 미동이 없었지만 가끔 아주 약간 흔들렸다. 향의 연기는 수직으로 하늘을 향해 피어올랐다. 바람이 없네라고 지카는 생각하자 그 순간 또 아주 조금 연기가 흔들렸다.

오늘밤은 향이 꺼지면 안 되잖아.

그래요? 지카는 대답하고 왜일까? 생각했지만 직접 물을 정도로 흥미가 생기지는 않아서 그렇구나라고 생각했다. 그럼 불침번 같은?

그렇지.

지카는 통로를 따라 걸어가 향로를 바라봤다. 지금 타고 있는 향은 반 정도 남아 있으니 금방 다 탈 것 같지 않았다. 그래서 그 옆을 돌아 관에 붙어 있는 작은 창으로 할아버지 얼굴을 봤다.

할아버지랑 같이 산 적은 없다. 추석이나 설날에 가족이 귀성해서 일 년에 한두 번 얼굴을 마주하는 정도였지만, 어릴 적부터 익숙했던 할아버지 얼굴이 이렇게 지점토로 빚은 인형 같은 느낌으로 변했다는 사실은 물론 큰 충격이었다. 같이 지낸 시간이 적어서 그런 걸까, 할아버지와 이제 만날 수 없다는 사실보다는 얼굴과 몸이 살아 계셨을 때와 다르다는 사실이 더 충격이다.

향 하나 더 피워도 돼요?

그럼.

지카는 향로 옆 향들 중 하나를 집어서 그 끝을 촛불에 댔다. 향 끝에 붙은 불을 후 불어 끄고 먼저 피어오르고 있던 향 옆에 세웠다.

그거 입으로 불어 끄면 안 되는 거야.

그래요?

향에 붙은 불은 이렇게 흔들어 꺼야 해.

진짜요? 어떡하지.

하지만 가즈히데도 이미 입으로 불어 끈 걸 어떻게 하면 좋을지 몰라서 가만히 있다.

몰랐는데라고 혼잣말하고 지카는 잠깐 동요하는 듯 향과 초를 번갈아 보고서, 아 몰라라는 체념한 것 같은 표정을 짓고는 다시 관 속을 들여다보고 마음속으로 말했다.

할아버지, 안녕.

교복 스커트 주머니에서 핸드폰을 꺼내면서 가즈히데 쪽을 힐끔 보고 지카는 나갔다.

4

임시변통으로 장례식장이 된 집회소 입구와 앞마당 여기저기에 고인과 연고가 있는 이름이나 기업, 동창회명 등이 적인 화환이 늘어서 있다. 임시변통이라고는 하지만 가끔 장례식장으로 사용되는 곳으로 상조회사에 이 지역 유지有志가 합세해서 낮부터 시작한 화환 배치, 식장 정리 및 제단 설치, 연회 준비 등은 이미 익숙한 듯 호흡이 딱딱 맞아 떨어지는 게 작업 연계와 진행은 훌륭했고 들뜬 분위기마저 감도는 듯했다. 내일 철수 작업 또한 문제없이 진행될 것이다. 제단과 회장을 장식한 생화를 누가 얼마나 가지고 갈지 설치하면서 이미 거의 정해져 있었다.

집회소 앞으로 난 외길은 한쪽이 낮은 들판으로 원래는 밭이었지만 지금은 관리가 어려워 잡초가 무성한 땅이 넓게 펼쳐져 있다.

길을 쭉 따라가면 국도와 맞닿는데 그 교차로에 고인의 보리사가[4]
있었다. 군데군데 주택도 있지만 길가는 전반적으로 밭이거나 관리
가 안 돼서 풀이 무성했다. 조금 떨어진 곳에 논이 넓게 있기도 하
지만 이 부근 촌락에 벼농사를 짓는 집은 없고 대부분 채소밭이었
다. 밭을 완전히 버린 집도 별로 없지만 농사일만 생업인 집도 적어
서, 대를 이을 일손이 없어 가정용 작물만 기르는 집이 많았다.

밤은 드문드문 비추는 가로등 아래가 아니면 길과 밭의 경계도
구분하기 어려울 정도로 어두웠지만 아예 구분이 안되는 건 아니
고 눈은 금세 어둠에 적응한다. 아스팔트의 어둠과 무성한 수풀의
어둠은 다르다. 강 위로 먼 하늘을 바라보면 저기 보이는 게 어둠
이 아니라 언제나 거기 있어 눈에 익은 밤하늘임을 알 수가 있다.

다른 길은 집회소 앞 숲속을 왼쪽으로 크게 돈다. 숲을 깎아서
세웠지만 지금은 나무들 사이에 파묻혀 있는 것처럼 보이는 집 두
채를 지나면 그 왼쪽으로 역시나 국도로 닿는 좁은 길과 만나는 삼
거리가 있고 그대로 직진하면 곧장 내리막길이다. 근처에서 키우는
고양이들과 길고양이들이 밤마다 어슬렁거리거나 쉬었다 가는 정
자를 왼쪽에 끼고 이번에는 오른쪽으로 크게 돌면서 내려오다 보
면 정면에 꽤 널찍한 강가가 보인다.

밤이다. 강가의 돌들은 낮에 받은 햇빛을 간직한 듯 하얗고 밝
다. 고요히 흐르는 수면은 반사하는 빛도 없고 강줄기가 굽이치는

[4] 한 집안 대대로 장례를 치르고 위패를 모시는 사찰.

일도 없어서 검고 둔중했다. 풀이 넓게 자란 사주沙洲도 어둠이 삼
킨 듯 어두워 둘로 갈라진 강줄기 중 안쪽 수면은 잘 보이지 않는
다. 여름이면 강가엔 연일 텐트가 서고 주말이면 모닥불에 불꽃놀
이에 늦게까지 시끌벅적하지만 시월 평일 밤 강가엔 아무도 없다.

강기슭의 상류와 사주에 망망히 이어진 풀숲은 이곳 높은 쪽에
서 보면 새까맣게 하나로 이어져 보였다. 기슭 상류 끝에는 같은 모
양의 작은 건물 네 채가 나란히 서 있다. 낮엔 오렌지와 핑크 중간
정도 컬러로 보이는 각진 벽을 이쪽을 향하고 서 있지만 그쪽 면에
조명이 없어서 지금은 그저 까맣게 보일 뿐, 건물 안쪽 조명이 실
루엣 안쪽을 희미하게 비추고 있었다. 옆에 서 있는 간판은 밑에서
비추는 조명이 있으나 글자는 읽을 수 없다. 로마자로 뭐라 쓰여 있
다. 이른바 러브호텔이었다.

당연하지만 러브호텔 방마다 지금 누가 있는지는 안 보인다, 모
른다. 지금은 아무도 없을지 몰라도 과거에는 저 네 건물 전부가
셀 수 없을 만큼 많은 사람들로 찼었다. 앞으로도 다 셀 수 없을
만큼 많은 사람들이 저 방을 찾을 것이다.

그보다 더 안쪽엔 골프연습장이 있었다. 이곳은 그물로 감싼
높은 공간 전체가 어둠을 뚫고 솟아있는 형국으로 어렴풋이 빛난
다. 날아가는 골프공은 안 보이지만 조명이 켜져 있으므로 누군가
가 볼을 치고 있을 것이다. 하지만 아무도 없다. 조명만 켜져 있을
뿐인 연습장에서 볼이 날아 아무도 모르게 인공잔디 위를 굴러갔

다. 아무도 없는 광경을 아무도 보지 않았고, 아무도 없는데도 날아가는 공도 강 이쪽에서는 보이지 않는다. 본 사람은 아무도 없었다. 잘 보면 저 앞쪽을 날아가는 게 벌레거나 아니면 새일 수도 있는데, 날아가 버린 그 공 또는 벌레 아니면 새를 언제 어떻게 봐야 잘 볼 수 있을까.

오른손잡이 또는 왼손잡이라도 상관없지만, 클럽을 힘차게 들어올려 발밑 공을 향해 호를 그리며 휘두른다. 골프를 해본 적이 없는 사람에게는 간단해 보이지만 실제로 공을 놓고 그 앞에 서 보면 손발을 어디에 두고 어떻게 움직여야 할지 잘 모르겠다, 골프뿐만 아니라 운동은 다 젬병이라 볼 쳐라 던져라 그런 말을 들어도 평소에 티브이로 보는 선수처럼 내 몸은 마음대로 움직이지 않는다, 그래서 남들보다 더 무서웠어. 핫짱은 말했다.

지역 노인회 일행이 중형버스를 대절해서 온천도 가고 공연 관람도 가고 단풍놀이도 가고 여기저기 자주 놀러 다녔던 건 예전이다. 당시 멤버 중 이미 반 이상이 이 세상을 떠났다. 그렇다고 사람은 계속 나이를 먹는 법이니 노인 숫자가 주는 건 아니지만 옛날처럼 시즌마다 여행이네 회식이네 하면서 단체로 놀러 다니는 일은 없어졌는데 이것도 불경기의 영향인지 또는 세대차이인지. 어쨌든 전성기, 구체적으로 말하면 80년대부터 90년대 무렵인데 그땐 일 년에 여러 번 아침부터 모여서 치바나 군마 골프장에 가서 코스 돌고 그랬지, 그런데 내가 운동이 그 모양이니까, 라고 핫짱이 말을 잇는다. 다른 여행은 전부 개근했는데 골프는 말야, 딱 한번 가고 그 담엔 가자고 해도 안 갔어.

어두운 표정의 핫짱은 그때, 남들 몰래 그 골프연습장에 몇 번 갔던 일을 떠올렸다. 아무리 연습을 해도 결국은 제자리였다.

골프장 뒤로는 왜 그렇게 보이는지는 잘 모르지만 어슴푸레한 빛이 어둠과 함께 무늬를 빚은 밤하늘이었다. 어둠과 밤하늘의 차이 또는 구분을 눈이 어떻게 판단을 하는지 아무리 봐도 모르겠지만 눈은 아무것도 가르쳐주지 않는다. 그저 볼 뿐이다, 보일 뿐이다.

밤하늘이라는 건 우리 모두의 머리 위에 항상 있는 것으로 만약에 내가 죽으면 누군가의 머리 위 하늘로 올라 어디든 갈 수 있지라는 생각은 분명 틀렸다. 그런 사람은 결국 살아있을 때도 달과 별과 하늘을 맨날 올려다보기만 할 뿐이다. 죽어서도 생각하는 게 살아있을 때와 다 똑같은 거다. 그도 그럴 것이 죽어서 하늘을 영원히 오를 수 있는 자는 분명 살아있을 때부터 하늘로 올라가는 걸로 생각하기 때문이다. 실제로 그런 사람을 몇 안다. 지붕 위 저편, 새가 날아가는 먼 하늘 건너, 고개를 들어 하늘을 바라본다. 순조롭게 올라가면 우주에 닿지만 상승 가능한 그들에게 있어서 우주라는 건 그저 위일 뿐이다. 위로 올라갈수록 기온이 점점 내려가 팔과 배에 닭살이 돋는다. 평소부터 올라가는 게 익숙해 복장도 만반의 준비를 갖춰서 지상에서 더울 정도로 껴입었다. 반대로 말하면, 기온과 안 어울리게 껴입은 사람은 그와 같은 상승 지향을 가지고 있을 확률이 높을지도 모른다. 실제로 어떤지는 모르겠지만.

내려다보면 지도 같은 지표면이 보일 텐데 거의 내려다보려 하지 않는다. 예를 들어 강폭이 넓어지는 하류도 물살 빠른 상류도 커다란 바위의 울퉁불퉁함도 잘 안 느껴질 정도로 멀어지면 경치를 보는 의미는 그다지 없다. 공중에서는 높이도 폭도 없다. 물리적 무無가 아니라 오히려 범람과 같은 느낌을 그린다.

강이나 바다에 몸을 담가 보면 하늘 높은 곳에서 내려다볼 때와 같은 물리적 범람의 감각을 다소 얻을 수 있을 텐데. 이 부근 강폭 중간 정도까지 가도 겨우 무릎까지 오는 높이다. 물살도 온화하다. 그러나 밤의 강은 갑자기 영원히 깊어질 것 같은 검은 물이 급격하게 불어나 몸을 삼켜버릴 것 같은, 그런 상상을 유발한다.

엉덩이를 물에 담그고 허리를 뒤로 빼며 천천히 등도 담근다. 밤하늘 높이 시야에 들어온다. 아까부터 들리는 물소리는 그 출처인 물과 가장 가까이 닿은 지금, 드디어 어디서 소리가 나고 울리는지 알 수가 없게 된다. 하늘을 오를 수 없는 자는 이렇게 누울 수밖에 없다. 목덜미와 뒤통수를 물에 담그고, 엇 차거~라고 장난치듯 말해 본다. 손발에 힘을 빼면, 오오오, 비슷한 것 같다. 하늘 느낌과. 하늘에 떠 있는 거 같아. 비슷하다 비슷하다. 가 본 적은 없지만.

그렇게 밤의 강은 유유히 흘러간다.

5

집회소 앞마당으로 나온 지카가 건 전화는 걸어서 10분 정도 걸리는 고인의 집 마당의 조립식 건물에 있던 오빠 요시유키 핸드폰으로 연결된다.

이 조립식 건물은 원래 농기구나 안 쓰는 가구 등을 보관하는 창고였는데 요시유키가 이 집에 살게 된 직후 상점가의 철물점에 부탁해서 창문과 냉난방을 달고 바닥도 깔아 안에서 생활할 수 있게 만들었다.

고인이 살던 가옥은 넓이는 충분했지만 모든 방이 용도를 쉽게 변경하기 어려워 그에게 줄 방이 준비되지 않아서, 아니 준비할 생각이 아무도 없어서, 요시유키가 바라는 형태로 거의 안 쓰는 창고를 개조했다. 어릴 때부터 요시유키는 할아버지댁을 방문하면 이 창고에만 있었다. 오래된 물건들을 꺼내 놓고 창고에서 몇 시간이고 잠복해 있고는 했다.

요코하마 외곽에 있는 사립고교에 진학한 요시유키는 매일 학교에 갔다. 학교는 집에서 가장 가까운 역에서 지하철로 20분 가서 버스로 갈아타고 30분 가면 도착한다. 일반적인 학교와 달리 학점제인 이 학교는 매일 같은 시간에 등교할 필요가 없어서 좋았는데, 요시유키는 3년간 거의 빠지지 않고 아침부터 등교해서—중학교 때부터 방에서 독학으로 대충 익히기는 했지만 본격적으로 몰두하지는 않았던 기타를 필두로 일렉트릭 베이스와 키보드 등—친구들과 모여 악기를 연주하는 일에 열심이었다.

쉬는 날에도 학교 가서 연습하는 그들의 활동을 동아리라 하긴 그렇고 그렇다고 밴드라 하기도 그런 게 그들의 연주가 결국 단 한 번도 사람들 앞에서 연주되거나 녹음된 적도 없으며 자유롭게 멤버가 나갔다 복귀했다를 반복하면서 그냥저냥 모여서 연습하기 그것만을 지향했기 때문인데, 그렇다면 그들의 합주는 연습이 아니었다고 말해야 할지도 모르겠다. 연주곡은 유행하는 가요부터, 올드 팝송, 스탠더드 재즈, 거기에 멤버가 작곡한 오리지널곡까지 다양했다. 어쨌든 결국, 예컨대 축제와 같은 연주 기회가 없었던 것도 아니었지만 그들은 그들밖에 없는 공간에서만 연주했고 졸업과 동시에 모이지 않게 되었다.

친구들 중엔 대학 간 사람, 재수하는 사람, 전문대 간 사람, 취직한 사람, 아르바이트하는 사람, 아무것도 안 하는 사람이 각각 같은 숫자였다. 도중에 퇴학한 사람이나 유급한 사람도 있었다. 요시유키는 아무것도 안 하는 사람으로 분류되는데 아무것도 안하는 부류가 진짜로 아무것도 안 하는 건 물론 아니고, 매일은 아니지만 아르바이트를 하기도 하고 식물을 기르거나 그림을 그리거나 책을 읽으면서 살았다.

요시유키도 고등학교를 졸업한 그 해 여름, 요코하마 집을 나가 홀로 사이다마 시골 할아버지 댁에 이사가겠다라는 능동적이면서 동기와 의도가 불분명한 행동을 취했다.

그건 떠나는 부모나 지카도, 맞이하는 할아버지한테도 뜻밖의 이야기였다. 어머니의 본가인 이 집에는 어릴 때부터 여름방학이나 겨울방학에 오기는 했지만 그렇다고 평소에 할아버지와 교류가 잦았던 건 아니었다.

갑자기 요시유키가 거기서 살고 싶다고 할아버지에게 전화를 걸었다. 할머니는 6년 전에 돌아가시고 이후 할아버지 혼자 살고 있었다. 어릴 때에 비해 안부 묻는 횟수도 많이 줄었고 이미 몇 년 동안 교류도 없었지만 할아버지는 손자의 요청을 흔쾌히 수락했다. 중학생 손자가 등교거부를 했었다는 사실을 할아버지가 모를 리 없다. 불가사의한 아이라는 이야기를 듣는 손자를 그때 할아버지는 어떤 기분으로 집에 들였을까. 그리고 부모님은 어떤 기분으로 보냈을까. 그리고 무엇보다 요시유키는 무슨 생각으로 할아버지 혼자 있는 집에 가겠다고 결심했을까.

적어도 당시 아홉 살이었던 지카는 오빠가 집을 나가는 상황을 흔히 말하는 독립과 다를 바 없는 것으로 간주했다. 그러나 한편, 오빠가 흔한 고교생과 조금은 다른 사람이라는 것도, 오빠한테 다들 알 수 없는 사람이라고 말할 때의 그 알 수 없음이 어떤 뉘앙스인지도 언제부턴가 깨닫고 있었다.

그로부터 8년 동안 그 집에서 할아버지와 손자 둘이서 보낸 시간을 상세히 아는 사람은 없다. 부모님조차 평소 요시유키가 어떻게 생활하는지 잘 몰랐다. 물론 알아보려 했지만 전화를 걸어도 직접 찾아가도 요시유키는 마당 창고에서 나오지 않았다. 할아버지 말로는 평소에 창고에서 잘 나와 집 본채도 들락날락하고 얼굴 마주치면 대화도 나눈다고 한다. 생각해 보면 학교 안 가던 중학교 때도 요코하마로 이사간 고등학교 때도, 집에 있는 요시유키가 24시간 내내 방에 있었던 건 아니었다. 마주치면 아무렇지 않게 대화도 주고받았다. 하지만 그 아무렇지도 않은 대화의 내용이 뭔지, 어떤 기분과 기분이 말과 말이 오고 갔는지, 아빠 겐지도 엄마 다에도 자세히 기억하지 못한다. 전에 우리가 아들과 무슨 대화를 했더라. 기억나는 건 어릴 때 에피소드뿐이고 어느 시점 이후로 아들과 어떻게 교류했는지 기억이 날 듯 전혀 기억나지 않는다. 언제까지가 기억나고 언제부터가 기억나지 않는지도 분명하지가 않다.

오빠가 집을 나갔을 때 아직 아홉 살이었던 지카에게 있어서 오빠와의 생활, 오빠와의 관계의 기억은 본인이 어릴 때뿐이다. 그래서일까, 숫자는 적지만 선명하게 기억하는 오빠와의 에피소드가 몇 개 있다. 부모님께 말한 적은 없고 지카 안에서 혼자만 간직하고 있을 뿐이다. 뭐랄까, 선명하게 기억은 하고 있지만 한 장면으로서 선명하다는 말이지, 그 상황을 정확히 설명을 할 수 있다는 말은 아니다.

가장 먼저 떠오르는 건 요코하마 집 거실에 요시유키와 지카 둘밖에 없었을 때의 일이다. 바닥에 앉아 잡지 부록 같은 것을 펼쳐보고 있던 지카가 순간적으로 소파에 누워있던 요시유키를 보자 요시유키도 지카를 보고 있다. 눈이 마주친 그 짧은 순간에, 너무 짧아서 그런 걸까 아니면 두 사람의 호흡과 같은 무언가가 정확하게 일치한 걸까, 기묘하지만 확신으로 가득한 오빠와의 일체감 또는 합일감에 휩싸였다. 지금 우리는 같은 생각을 하고 있다, 두 사람이 생각하는 두 개의 생각이 똑같다 그런 게 아니라 둘이 같이 하나의 생각을 공유하고 있다. 그런 말을 들은 적이 있었던 것도 아니지만 피를 나눈 형제한텐 그런 순간이 반드시 존재한다라고 지카는 생각했다. 요시유키는 눈이 마주치고 곧바로 눈을 돌려 천장 쪽을 바라봤다. 합일의 감각은 바로 사라지고 다시 각각 다른 사람으로서 방 안에 있었다.

남매가 합일감? 무슨 위험한 소리야. 변태야.

딱 한번, 중학교 때 친구 가오리한테 그 이야기를 했더니 가오리가 이렇게 말했다.

지카도 만약 다른 사람이 똑같은 이야기를 본인한테 한다면 가오리처럼 생각하고 말할 것이다. 하지만 기억 속 그 순간만은 지극히 순수한, 오빠와 여동생 그런 관계와는 차원이 다른, 한 사람과 한 사람이 우연히 함께 가진 특별한 순간이었다. 그 느낌이 그 아홉 살 때부터 지금까지 변함이 없다는 사실이 조금은 경이롭다. 그리고 뭐랄까, 잘 설명할 수도 없고 이렇게 말해도 될지 망설여지지만, 그 느낌은 어쩌면 행복의 원형原型과도 같은 게 아닐까라는 생각이 든다. 이 느낌을 어떻게 다른 사람에게 설명할 수 있다는 말이야. 위험하지도 변태같지도 않지만 위험한, 변태같은, 이런 수식어 이외의 다른 말이 뭐가 있을지 나도 잘 모르겠다.

그 순간을 잊을 수가 없다. 오빠를 생각하면 가장 먼저 그 순간이 떠오른다. 계속 떠올려서 그런지 아니면 그 순간의 특별함 때문인지 잘은 모르겠지만 떠오르는 광경은 이상할 정도로 선명했다. 그것도 전체가 선명한 게 아니라 그때의 어슴푸레한 시간의 흐름 가운데에서, 그때를 떠올리는 현재의 시야보다 명료하고 윤곽이 또렷한 부분 또는 순간이 나타나 다른 곳을 볼 수 없게 된다. 내 눈이 지금을 보고 있는 건지 그때 그 순간을 보고 있는 건지 혼란스럽다. 전화기에서 들리는 오빠 목소리를 들으면서 지카는 화환이 늘어선 마당 자갈길을 지나 집회소 앞으로 나왔다. 철야에 참석하지 않기로 한 오빠는 지금 집에서, 아니 오빠 방이라고 불러야 할 창고에서 뭘 하고 있냐고 물으니, 한 잔하고 있어라고 대답했다.

가스 설비가 없어서 음식 조리는 집안 부엌에 가서 한다. 뜨거운 물은 창고에 포트가 있다. 수도는 밖이긴 하지만 창고 바로 옆이다. 우물도 있었다.

창고로 쓸 때부터 냉장고가 있었는데 그 안에 맥주나, 일주일에 한번 자전거로 10분 정도 걸리는 슈퍼에 가서 사온 식재료 등이 있다. 생선류 같은 건 없고 조리된 반찬이나 냉동식품, 포장된 절임식품, 그리고 두부나 햄 등 조리 없이 바로 먹을 수 있는 것들이 많았다. 그렇다고 고기나 야채를 안 사는 건 아니고 조리가 필요한 식재료는 집안 냉장고에 보관했다가 대체로 하루에 한 번 요리도 한다. 의무는 아니고 그저 자취를 할 뿐이다.

집주인인 할아버지가 3개월 전에 입원하기 전까지 이미 수 년 동안 오빠가 식사를 만들었다. 오빠 혼자 방에서 먹기도 했지만 집에서 할아버지와 함께 먹는 경우도 적지 않았다고 들었다.

오빠가 다녔던 요코하마 외곽의 고등학교는 중학교 때 등교를 거부했던 학생들도 적지 않았다. 오빠가 졸업 후에 진학도 취직도 안 하고 할아버지 집에서 할아버지랑 둘이서 산다는 사실을 알고 사람들이 오빠를 히키코모리라고 생각하지만, 아마도 오빤 뭐랄까, 적극적으로 히키코모리가 된 건 아니었다.

아니 오히려, 지카는 내가 알고 부모님이 알던 오빠보다 훨씬 적극적인 사람이라는 사실을 최근에 알았다. 고등학교 입학하고 부모님이 핸드폰 소지를 허락해서 이렇게 종종 오빠와 통화를 할 수 있게 되어 알 수 있었다.

　친구들한테 오빠 이야기를 자세히 하진 않았다. 그런데 터울이 있는 오빠와 한 달에 몇 번 오래 통화를 한다, 시시콜콜한 이야기를 구구절절 주고받는다, 친구들에게 이렇게 이야기를 한 적은 있는데 부러움을 사기도 했다. 지카도 그런 관계의 오빠가 있어서 다소 의기양양하기도 하지만 오빠가 무직이라는 말은 하지 않는다. 질문을 받으면 사이타마 가서 일한다고 대답할 것 같지만 아무도 거기까지 관심을 보이지 않는다.

　오빠와 전화할 때는 주로 자잘한 학교생활 이야기를 하는 경우가 많으며 깊은 이야기는 하지 않는다. 깊어지지 않는 긴 이야기가 줄줄 이어진다. 의미도 없고 기억으로부터 이 세상의 사실로부터 언젠가 소거될 이야기의 길이를 무한히 늘리듯 이야기를 이어가는 오빠와의 전화가 지카는 좋았다.

　오빠는 부모님이나 친척이 오면 창고에 틀어박혔다. 그렇다고 부모님과 친척이 싫은 건 아니지만 질문 받는 걸 싫어했다. 조금 더 정확히 말하면 여기저기서 날아오는 질문에 대답할 수 있는 말이 자기한테 없음을 알고 있기에 굳이 방 밖에 나가서 그런 사태를 초래하고 싶지 않았다. 오빠한테 말하진 않았지만 지카는 부모님과 원만한 관계를 형성하지 못한 오빠에게 있어서 자신이 유일하게 애착을 느끼는 육친이라는 자부심이 있었고 그 점이 부모님한테도 위안이 될 것이라고 생각했다.

너가 몇 살이지?

그렇게 여동생한테 물으면서 요시유키는 동시에 자기 나이를 세는 것 같다. 전화할 때마다 꼬박꼬박은 아니지만 그래도 남매지간 치고는 너무 자주 동생 나이를 물었다.

열일곱 살.

그럼 내가 스물일곱 살이네.

전화기 저쪽에서 술을 홀짝이고 뭔가를 씹는 소리를 들으며 지카는 자신과 오빠 사이의 10년이라는 세월을 생각했다. 그 10년엔 오빠 가슴 속에 있는 무언가가 들러붙어 있다. 그 10년이라는 시간은 오빠의 시간이었다. 오빠가 지카를 바라보고 자신을 돌아본다. 그것의 연속으로 성립하는 10년이 요시유키와 지카 사이에 존재하는 10년이라는 시간이었다. 일단은 이걸 시간이라고 부르지만 어쩌면 시간이 아니라 완전히 다른 무언가일지도 모른다.

지카.

왜?

음식 좀만 가져다 줘.

내가 왜?라는 대답이 지카 머릿속에서 순간 떠올랐지만 그건 극히 일반적인 응답의 형태로 떠올랐을 뿐 지카가 오빠한테 하는 대답의 말이 되지는 못한다. 우리 오빠한텐 그렇게 대답 안 하지라는 자기도취적 감회를 동반하는 부정을 이끌어내기 위한 징검다리일 뿐이다. 알았어라고 목소리로 대답하고, 속으로 알았어 알았어 우리 오빠라고 노래하듯 반복한다. 오빠를 좋아한다기보다는 오빠에 대해 생각하는 자기자신을 좋아한다. 하지만 영원히 이렇게 생각하진 않아, 생각하지 않게 될지도 몰라.

집회소를 나와 어두운 길을 강 쪽으로 걷던 지카가 왔던 길로 되돌아가자, 집회소에서 자동차가 이쪽으로 다가왔다. 라이트가 눈부시다. 천천히 다가오는 자동차 앞유리 안쪽으로 운전석의 나나에와 조수석의 가즈히데가 보였다.

나나에는 지카 옆에 차를 세우고 창문을 내렸다. 지카 맞구나. 어두운데 뭐해? 위험하잖아.

괜찮아요. 어디 가요?

지카가 차 안을 보니 조수석 가즈히데 외에도 뒷자석에 하루히사와 가츠유키가 타고 있다. 하루히사가 목욕 목욕이라고 말했다.

목욕?

오늘 어른들은 안 자니까 시간 될 때 좀 씻고 오려고. 지카도 갈래? 한 명 더 타도 돼.

아뇨, 괜찮아요. 숙모도 목욕 같이 가요?

응, 난 밖에서 자긴 할 건데 같이 갈려고. 온천이래.

차가 한 대 더 와서 나나에 차 뒤에 섰다. 운전석에 사에 얼굴이 보였다. 조수석에 다니엘이 슈토를 안고 있다.

그럼 간다라며 나나에의 차가 나아갔고 그 뒤를 이어 사에가 운전하는 차가 지카 옆에 섰다. 창문을 연 사에가 마찬가지로 뭐해?라고 물었다.

잠깐 전화. 사에 언니도 목욕?

응. 난 괜찮은데 다들 술 마셔서 운전할 사람이 없다니까. 지카도 갈래?

아냐 됐어, 아까랑 같은 대화를 주고받고 지카는 조수석 슈토한테 말을 붙였다. 슈짱도 목욕 가는 거야?

재우고 싶은데 다니엘도 목욕가고 싶대서.

모처럼 좋네. 이런 기회가 또 어딨어, 하나, 둘, 셋, 삼 대가 같이……. 라고 뒤에서 조금 취한 듯한 어투로 말하는 건 가츠유키, 그 옆에 아빠 겐지가 앉아 있다.

근데 가츠유키 이모부는 앞 차에 타고 있었는데? 지카는 생각했지만 지금 틀림없이 눈앞에 있으니까 아까 본 사람은 다른 친척을 착각했을 것이라고 생각했다. 삼 대가 한 온천물에 들어간다아~라고 말을 잇는 가츠유키에게 다녀오세요라고 말했다.

즐겁지 아니한가? 안 그런가 우리 사위?

누구랑 전화하는데? 라고 지카만 들리는 작은 목소리로 사에가 물었다. 남친?

지카는 말없이 고개를 옆으로 흔든 후 가츠유키 옆에 있는 겐지에게 엄마랑 다른 친척들은 아직 있냐고 묻자 겐지가 오늘은 남자들이 밤샘하면서 식장 관리를 한다, 지금 가는 근처 목욕탕은 온천인데 몸에 잘 듣는 좋은 약수란다, 게다가 영업시간이 9시까지

다, 뭐 이런 이야기하기 시작했다. 아빠가 하는 말은 두서도 없고 템포도 느려서 짜증난다.

벌써 8시 15분인데, 지카가 차 안 시계를 들여다보며 말하자 사에가 좀 전에 전화했더니 연장해 주시겠대라고 말했다. 할아버지도 자주 갔다던데, 오늘 철야날인 거 아는 거 같더라.

으응.

역시 그런 건가, 겐지가 또 우물쭈물 말을 꺼낸다. 상갓집 사람들이니까 다른 손님들이랑 같이 목욕하면 부정 타는 그런……뭐 그런 예절이나 매너 같은 게 있는 건가…….

지카가, 알겠으니까 빨리 가라고 속으로 생각하면서, 계속 뭐라 말하는 겐지를 무시하며 술 마시고 목욕해도 괜찮겠어? 라고 사에에게 말했다.

글쎄.

다니엘도 오늘 같이 철야해?라고 사에 안쪽에 앉아 있는 다니엘에게 물으니 다니엘은 당근이지! 라고 답했지만 사에가 거짓말이야, 우린 갈 거야라고 잘라 말했다. 우리 숙소로 갈 예정인데 자기도 불침번 하겠다고 갑자기 말해서 말이지.

조으네, 다니도 있다 가라고 뒷좌석 가츠유키가 말하자 옆에서 겐지가 좋지라며 끄덕였다.

좋긴이라고 사에가 눈썹을 모으며 혼잣말하고는 그럼 갔다 올게라고 지카에게 말했다. 운전 조심하라며 지카는 손을 흔들었지

만 사에는 아니 근데라며 액셀을 밟지 않고 다시 말을 꺼냈다. 초
상집 철야에 온천가는 거 말야, 그래도 되는 거니? 무슨 여행도 아
니고.

진짜 술 마시고 온천가고, 무슨 여행 같다.

그치? 근데 멕시코에서 장례식은 축제 같다고 다니엘이 그러더
라.

멕시코.

멕시코 치안도 안 좋고 사람들 많이 죽잖아. 그래도 장례식이
축제?

슬픔은 슬픔 그 자체로서 축제가 될 수 있지요라고 다니엘이
말했다.

여긴 멕시코가 아닌데.

응.

다니엘 멕시코 가 본 적도 없잖아. 뭐 어쨌든, 축 처져 있는 것
보다야 즐겁고 유쾌한 게 낫겠지. 그럼 간다. 사에가 차를 몰았다.
강 쪽으로 향하는 도로를 따라 후미등이 멀어진다. 좁은 커브를
돌아 강을 내려가는 언덕 앞에서 빨간 브레이크등이 번쩍이고, 차
는 왼쪽으로 돌아 이제 보이지 않는다. 저 빨간 등은 사에가 브레
이크를 밟아서 켜진 거라고 생각했다. 저런 식으로, 살아있는 누군
가의 행위에 반응해서 불이 반짝인다. 예를 들면 저 별이 반짝인다
면 아마도, 라고 생각하며 지카는 하늘을 올려다보고 적당한 별에

눈을 고정시킨 다음에, 엉덩이에 딱 붙이듯 쥐고 있던 전화기를 얼굴 쪽으로 가져왔다. 삼 대가 같이 온천물에 들어간다, 좋차네. 아까 가츠유키 이모부 말투를 흉내낸다.

가츠유키 이모부?

끊어졌을 줄 알았던 전화 저쪽에서 오빠가 말했다. 뭘 오물오물 먹고 있다.

목욕 간대.

아, 온천랜드.

몰라.

거기 맞아. 역 건너편.

오빠랑 오빠네 아이들이랑 삼 대가 같이 온천물에 들어가는 일이 미래의 아빠에게 있을까라고 지카는 생각했다. 아니, 가츠유키 이모부가 맛보고 있는 행복한 오늘을 옆에서 바라보는 아빠는 무슨 생각을 하고 있을까. 오빠가 그런 효심을 아빠한테 선사하는 일이 있을까.

오늘 학교를 상으로 쉬고 아침에 겐지가 운전하는 차를 타고 둘이서 요코하마를 출발해서 2시간 정도 걸려 할아버지 댁에 도착했다. 오빠가 철야에 가지 않겠다고 말했지만 지카는 하나도 놀라지 않았다.

오히려 참석하겠다고 말하면 놀랐을 것이다. 오빠가 무슨 생각을 하는지는 전혀 모르지만 오빠가 무슨 행동을 할지 지카는 신기하게도 알 것 같다. 어릴 때, 눈이 마주친 순간, 오빠와의 합일감에 휩싸였다는 이야기는 전부 거짓말이다. 그건 오빠가 하는 건 뭐든 예상할 수 있고 실제로 오빠가 예상대로 행동함을 멋대로 설명하기 위해 지어낸 체험담이다. 예상할 수 있다고는 하지만 사전에 알아맞히거나 예언하는 게 아니라, 예를 들어 오빠가 할아버지 댁에서 살 거라고 들었을 때, 철야에 가지 않겠다고 말했을 때, 난 오빠가 그럴 줄 알았다라고 깨닫는다. 예상을 하는 게 아니라고 말한다면 그럴지도 모르지만 미리 알고 있었던 것 같은 기분이 강하게 드니까 예상을 안 하고 있었다고 전적으로 부정은 못 하겠다. 오빠가 앞으로 결혼을 할지, 자녀를 가질지, 그 아이를 안고 아빠와 함께 온천물에 들어갈지, 지카는 모른다. 하지만 그에 대한 미래를 나는 알고 있다고 지카는 역시나 단언한다. 그런 느낌, 왜 그거. 수업 중에, 아 이거 전에 본 적 있는데 그런 느낌.

데자뷔?

맞어 그거. 그 데자뷔를 미리 알고 있는 거지.

할아버지가 위독하다는 연락을 받은 건 어제 오전으로 엄마 다에는 연락을 받고 기차로 친정으로 향했기 때문에 저녁 임종 때 곁에 있어 주었다. 지카는 위독 연락은 수업 중 문자로 받았고 돌아가셨다는 연락은 방과 후 아빠 전화로 알았다. 바로 사이타마 할아버지댁에 갈지도 모른다는 말을 들어서 집에 와 갈아입을 옷 같은 걸 가방에 넣고 기다리고 있으니 퇴근한 아버지가, 내일이 철야니까 내일 아침에 가자라고 말했다.

그날 밤은 할아버지랑 떨어진 곳에서 지금 분명히 세상을 떠나고 없는 할아버지를 생각하며 지냈다. 지카도 아버지도 조금 특별한 날을 보내고 있다는 마음이 들었다. 지카는 평소 하지 않는 저녁 준비를 하려고 장을 봐 왔다. 냉장고에 남은 재료로 버섯파스타를 만들었다.

알리 뭐?

알리오올리오.

아, 알리오올리오. 들은 적 있다. 버섯이 많네. 이건 송이버섯?

응. 근데 보통은 버섯 안 넣거든.

그래?

보통 알리오올리오에 버섯 안 들어가.

딱히 의미도 없는 이런 대화를 할아버지가 돌아가신 날에 아빠랑 했네라고 지카는 철야 전날 밤 욕조에서 생각했다. 분명히 존재한 별 의미도 없는 일들은 이 세상에 어떻게 남을까. 아무 의미도 없어서 잊히고 언젠가는 사라지는 걸까. 피부 그리고 아마 피부 안에서도 느끼고 있을 온수의 온도, 뜨거움, 따듯함을 할아버지 몸은 이제 느끼지 않는다. 투명한 물을 보면서 지카는 생각했다. 욕조를 나와 이불 속에 들어간 후에도 아까 아빠와의 대화를 반추했다.

이후에도 지카는 삶은 스파게티를 소스와 재료가 들어간 냄비에 옮겨 휘저을 때 그때 대화를 계속해서 떠올렸다. 버섯이 없어도 알리오올리오가 아니어도 떠올렸다. 알리 뭐?라는 아빠의 바보같은 질문과, 열일곱 살 내가 아빠한테 마치 아이를 타이르듯, 버섯 안 넣거든이라고 응답한 그날의, 할아버지가 돌아가신 날의 대화.

지카는 아버지가 돌아가신 날에도 이 대화를 떠올리게 될 것이라고 생각했다. 그런데 과연 그때, 스파게티가 들어간 냄비가 없어도 떠올릴 수 있을까?

아빠 죽으면 관에 후라이팬 넣어도 돼?

뭐? 왜 하필 후라이팬이냐. 그러지 마.

뭐 어때.

안 돼. 후라이팬은 안 타잖아. 몸이 다 타고 없는데 뼈랑 후라이팬만 남아 있으면 그게 뭐냐.

하하하하, 지카가 웃으며 그럼 스파게티 넣을까라고 말했다. 아님 아빠 뼛가루를 후라이팬으로 볶을까, 그런 생각도 속으로 하면서.

8년 동안 할아버지랑 같이 살아서 가장 가까이 있었고 지금도 가까이 있는 오빠가 할아버지의 죽음을 어떻게 받아들이고 있는지에 대해 지카는 그날 조금도 생각하지 않았다. 생각할 필요도 없다, 어차피 알게 될 거니까. 오빠가 하는 생각이나 행동은 시간이 오면 결국 다 알게 되어 있다. 그러므로 지금 생각하고 숙고해 봤자, 뭐랄까, 다 소용이 없다. 데자뷔처럼 발생했을 때 깨달으면 되는 거다. 그것 말고는 없다.

지카는 잠이 안 와서 침대에서 일어나 어두운 거실로 나가 냉장
고에서 캔맥주를 꺼내 소파에 앉아 마셨다. 침실을 울리는 아빠 코
골이가 흐릿하게 들린다.

술을 즐기는 고등학생은 물론 아니지만 한 번도 마셔 본 적이
없는 것도 아니다. 맥주를 그다지 좋아하지 않지만 오늘은 평소보
다 몸에 받는다. 목에서 배로 그리고 머리로 탄산이 훑으면서 쓴
맛을 남긴다. 알코올이 순식간에 온몸 구석구석으로 퍼지는 기분
이 들었다.

방 벽에서 빠직 하는 소리가 들렸다. 딱 한번 들린 그 소리가
할아버지와 무슨 관련이 있는지를 잘 설명할 수는 없지만, 어쩌면
저 별이라고 생각하며 집회소 마당까지 되돌아온 지카는 하늘을
올려다보며 적당한 별 하나를 정했다. 저 별을 할아버지 생전의 무
언가가 지금 빛나게 하고 있는 것 같다는 느낌을, 그 누구한테도
설명할 수는 없지만, 그렇다는 생각을 도저히 멈출 수가 없어, 안
그래?

그래.

오빠와 하는 전화는 언제나 지카의 상상이나 몽상을 오빠가 긍
정하는 식이다. 지카는 도대체 어디까지가 전화 속 대화고 어디까
지가 자기 머릿속 상상인지를 모르겠다. 진짜로 전화를 했나? 오
빠는 진짜 전화기 저쪽에 있나? 의심스럽다. 모든 건 지카 머릿속
의 혼잣말이고 오빠란 가상의 말상대 같다는 생각도 든다. 그렇게

전부 사라진다. 목소리도 말도, 어디에도 남지 않는다, 여기도 저기도. 언젠가 나도 오빠도 죽고, 그 누구도 나랑 오빠의 대화가 있었는지 모르게 되겠지. 오빠도 수년 동안 만난 적도 없는 사람처럼 느껴진다.

지카는 전화를 끊고 집회소 입구에서 로퍼를 벗고 안으로 들어갔다. 다소 줄어든 취객들 사이를 지나간다. 음식이 많이 남아있는 긴 확인했는데 이걸 어떻게 오빠한테 전해줄지 고민하다 일단 지퍼백 같은 밀폐용기가 있나 보려고 탕비실로 들어가니, 빈 츄하이 캔이 여기저기 굴러다니는 바닥에 료타가 쓰러져 있었다.

6

9시를 넘긴 온천랜드는 아직 드문드문 손님이 남아 있어서 철야 사정을 감안해서 영업시간을 특별히 연장해 준 것이 아님을 알 수 있었다. 겐지 말처럼 상중인 손님을 기피하려는 의도는 없었겠지만, 상복을 입은 사람 다수가 입구에 등장하자 일순간 랜드의 로비는 요상한 분위기에 휩싸였다.

아아, 핫토리 님 댁이네요, 데스크 중년 여성분이 말했다. 아까 전화 주셨죠?

늦게 죄송해요.

아니에요. 9시까지지만 조금 늦어도 괜찮습니다. 할아버님 명복을 빕니다. 여기도 자주 오셨었는데.

슈토는 사에가 여탕으로 데리고 갔다. 하루히사, 가즈히데, 가츠유키, 겐지, 다니엘 5명은 탈의실에서 각각 상복을 벗고 가지고 온 타월을 들고 목욕탕 안으로 들어갔다. 온탕에는 그들 말고도 대여섯 명 정도 손님이 있었다. 그리 넓은 편은 아니라서 5명이 들어가자 실내가 붐비는 분위기로 변했다. 앉아서 몸을 씻는 샤워기는 벽 쪽에 딱 다섯 개가 설치되어 있어서 다섯 남자는 그곳에 나란히 앉아 머리와 몸을 씻기 시작했다.

온탕은 실내에 하나, 유리문 바깥에 노천탕이 하나 있었다. 먼저 온 손님 중 3명은 실내온탕에, 2명은 노천탕에 들어가 있는 게 보였다. 다른 1명은 노천탕 옆 바위 위에 죽은 듯 엎어져 있었다.

실내온탕 속 3명 중 2명은 나란히 앉아 몸을 담그고 있는 젊은 남성이었다. 어깨와 팔뚝이 건장하고 얼굴은 그을렸으며 둘 다 갈색으로 염색한 긴 머리였다. 일 이야기를 주고받는 분위기다. 자세한 내용이나 전문용어는 모르겠지만 공사기한이나 기초 같은 말이 들리는 걸 보니 건설 관계임을 알 수 있다.

다른 1명은 머리가 벗겨진 중년 남성으로 탕 안에서 몸을 쭉 뻗고 잠이 든 듯 눈을 감고 있다.

나란히 몸을 씻고 있는 5명의 뒷모습은 각각 개성적이다. 씻는 순서나 동작이 더해지니 각자의 특징이 더 두드러졌다.

먼저 눈길을 끄는 건 입구와 가까운 오른쪽 구석에 앉아 있는 다니엘로, 혼자만 등이 빛나고 머리도 금발에 어깨나 등이 다른 네 사람보다 훨씬 넓었다. 실내를 채운 수증기 속에서 그의 등을 바라보면 위압감 또는 위화감보다는 오히려 친근감이 느껴지는데, 그건 머리를 감고 몸을 씻는 동작 속 어딘가 유려하고 여성스러워 보이기까지 하는 부드러움이 커다란 덩치와 갭이 있어서 그런가. 큰 상반신에 비해 허리와 엉덩이가 작게 보이는 부분도 그런 인상을 더 강하게 했다.

그 옆에 겐지가, 그 옆에 가츠유키가 앉아 있었다. 얼굴이 비슷한 이 둘은 뒷모습도 비슷했는데 혈연도 아닌데 판박이다라는 단골 멘트는 단순히 얼굴 생김새뿐만 아니라 신장이나 골격과 같은 신체 전반적인 생김새 때문일지도 모른다는 생각이 들게 만들 정도다. 그렇지만 닮은 몸 크기와 닮은 등은, 머리와 몸을 씻는 스타일이 둘이 완전히 다르다는 사실을 오히려 부각시키기도 했다. 겐지는 가지고 들어온 타월을 혼자만 수도꼭지 위에 올려놓고 비치된 바디워시를 손에 짜 거품을 내서 그대로 손바닥으로 몸을 문질렀다. 팔, 어깨, 등, 엉덩이, 다리를 두 손으로 순서대로 씻고 나서 그다지 거품이 일지 않은 몸을 헹구지 않고 바디워시를 다시 짜서 머리와 얼굴을 씻기 시작했다. 전신을 다 씻은 후 받아 둔 따뜻한 물을 머리 쪽에서부터 두 번, 세 번 부었다.

그 옆의 가츠유키는 일단 머리도 몸도 씻는 속도도 빠르고 대충대충이었다. 샴푸 묻은 손으로 머리카락을 한 번 정도 스윽 훑고는 거품도 안 내고 샤워기로 씻어냈다. 몸도 바디워시를 적신 건지 알 수 없는 타월로 전체를 스윽 훑고는 곧바로 씻어낸 후에 신속하게 일어서서 엉덩이를 탁 치고는 온탕에 들어갔다.

5명 중 가즈히데와 하루히사 둘만 피를 나눈 진짜 형제지만 장남 하루히사와 막내 가즈히데는 열여덟 살이나 터울이 있다. 가즈히데는 평소에 운동을 좋아해서 몸매가 탄탄해 올해 마흔네 살이지만 더 젊어 보인다. 한편 환갑을 맞이한 하루히사의 몸은 비만은 아니지만 여분의 살이 몸 곳곳에 붙어 있고 기미나 검버섯이 눈에 띄는 등은 멀리서 봐도 노인임을 알 수 있다. 몸을 씻는 동작도 가즈히데는 경쾌하고 스피디한데 반해 하루히사는 술에 취해서 그런 걸 수도 있지만 느릿느릿, 아까부터 같은 부위를 계속 문지르고 있다.

팡, 하고 손으로 친 것 같은 소리가 목욕탕에 울렸다. 천장 사이 틈으로 이어져 있는 벽 건너편의 여탕에서 들린 소리였다. 또 한 번, 팡, 그리고 아빠! 하고 부르는 슈토의 목소리가 울리고 다니엘이 아들! 이라고 대답했다.

그가 일본어에 능통한지 몰랐던 다른 손님들은 다니엘의 목소리에서 영어 풍의 울림을 느꼈지만 이어서 그는 슈짱, 몸 깨끗하게 씻고 있지!라고 벽 위 틈새를 향해 말했다.

다소 의식해서 그러는 부분도 있긴 한데, 공공장소에서 이런 식으로 자신이 일본어를 이해할 수 있는 사람임을 빨리 자연스럽게 주변에 알리는 편이 좋다. 가만히 있다가 일본어 못하는 사람으로 인식되어 버리면 자신에 대한 예상치 못한 분석이나 소감을 듣고 상대방도 자신도 악의는 없지만 후에 어색한 상황에 처하기도 한다. 해외에 사는 사람이라면 정도의 차이는 있어도 공감하는 마음

가짐이 아닐까 하는데, 다니엘은 종종 조우하는 그와 같은 견딜 수 없는 느낌을 극도로 두려워했다. 특별히 불쾌한 경험이 있어서가 아니라 그는 그 느낌이 무서웠던 것이다.

다니엘의 대답을 듣고 새삼 놀란 건 개인용 욕조에 설치된 제트 분사에 등을 대고 있던 가츠유키였다. 다니엘과 슈토 그리고 자신까지 삼대가 한 물에 몸을 담그는 행복을 아까 자기가 말했는데 사에와 함께 슈토가 지금 여탕에 있다는 사실을 자각했기 때문이다.

씻! 고! 있! 지! 슈토 목소리가 벽 건너편에서 들리고, 뒤이은 슈토의 웃음소리를 들으며 가츠유키는 상기된 머리로, 이게 아니었는데라고 생각했다.

온탕에 들어온 겐지가 가츠유키 옆으로 와 올해 몇 살이지? 라고 묻고 가츠유키가 쉰여섯이라고 대답했다.

아니, 손자.

아, 올해 세 살.

가즈히데는 두 사람을 잠깐 쳐다보고 그대로 노천탕으로 나갔다.

하루히사도 몸을 다 씻고 실내온탕에 들어가지 않고 그대로 노천탕이 있는 밖으로 나갔다. 결국 가장 늦게 몸을 씻은 다니엘은 네 겹으로 접은 타월을 머리 위에 올리고 한손으로 앞을 가리고 여탕 쪽을 향해, 슈짱, 사내아이가 여탕이라니! 담엔 아빠랑 목욕하자! 라고 벽 위 틈새를 향해 말했다.

하지만 여탕 쪽에서 답은 없었다. 슈토도 노천탕으로 나간 모양이다. 다니엘이 대답이 돌아오지 않는 질문을 던진 본인 목소리가 멋쩍은 듯 살짝 웃으며 실례합니다라고 작게 말하면서 가츠유키와 겐지 옆쪽에서 탕으로 들어갔다. 오 꽤 뜨겁다.

다섯 개의 샤워기 앞엔 아무도 없고 아까까지 다섯 명이 앉아 있었던 낮은 의자 다섯 개 중 가즈히데와 다니엘이 앉았던 의자 위에는 다 썼다는 뜻으로 양동이가 뒤집어 놓여 있었다.

예의바른 사람.

겐지가 가츠유키과 다니엘 둘 중 누구한테 하는 말인지는 모르겠지만 그렇게 말했다. 다 씻으면 저렇게 하는 거라고 배웠어요라고 다니엘이 말했다.

잘했어 잘했어, 그게 맞지라고 가츠유키와 겐지가 말했다.

착한 사위한테 착한 아들이 생겼어. 그렇지? 라고 겐지는 가츠유키에게 말했다. 가츠유키가 웃는 둥 마는 둥 애매한 표정으로 답했다. 다니엘은 둘의 대화의 함의를 알고는 쑥스러움과 자랑스러움이 섞인 겸허한 표정을 지어 보였다.

아까 지카가 했던 생각이 여기까지 닿았다면 이 겐지의 말에서 가츠유키에 대한 선망과 아들 요시유키에 대한 복잡한 감정을 발견할 수 있었을까. 그러나 겐지에게 별다른 뜻은 없었고 나도 바깥에 갈까나라고 말하며 온탕에서 나와 노천탕으로 나갔다. 머리가 벗겨진 중년과 젊은 두 사람은 목욕을 마치고 탈의실로 갔다. 벽시

계는 9시15분을 넘었다. 실내온탕엔 가츠유키와 다니엘만 남았다.

욕조와 바닥, 그리고 벽 중간까지는 돌로 지은 것 같은 분위기를 자아냈고 벽 상부는 감색 타일이었다. 조명은 여탕과 이어지는 벽 틈새 부분 천장에 남탕과 여탕을 동시에 비추는 긴 형광등이 설치되어 있었다. 샤워기 위에도 동근 조명이 몇 개 있었지만 욕탕 내는 전체적으로, 벽도 밝은 색이 아니라서 어두웠다.

시월이라 바깥공기는 아직 많이 차갑지는 않고 목욕탕 공기도 따뜻해서 김이 자욱하지는 않다. 둘밖에 없는 온탕 분위기가 조용해지자 두 사람 시야에 김은 완전히 사라지고 실내가 잘 보였다.

가츠유키는 아무것도 없는 정면을 바라보고 있었다. 시선을 쫓아가면 샤워기가 있지만 그곳을 보고 있지는 않았고 가츠유키의 눈에 그 광경이 비춰질 뿐, 그걸 보고 있는 자는 지금 아무도 없다. 가츠유키는 김처럼 욕탕 전체로 퍼져, 벽 상부에서 아무도 없는 여탕을 들여다보고 유리문을 빠져나가 밖으로도 나가고, 나체인 채로 밤하늘 위로 올라갔다. 다소 미지근하고 습도를 머금은 바깥공기는 나체한테도 그리 춥지 않았다. 취해서 더위와 추위를 느끼는 감각이 둔해진 것일지도 모른다. 그래봤자 지상으로부터 수십 미터 정도를 나는 저공비행이다. 비행이 아니라 부유浮遊 아니 그저 망상에 불과할지도 모르지만, 말없이 가만히 있으면 그저 탕에 몸을 담그고 있었을 뿐이 된다는 말이다.

내려다보는 동네는 숲과 밭과 드문드문 있는 집, 그것들 사이로 크고 작은 길이 달리고 있었다. 그리고 굽이치는 굵은 강이 중간중간에 거친 윤곽의 사주를 형성하면서 흘러 땅을 둘로 크게 가른다. 자기 고향도 아닌 이 동네를 조감하기에 적절한 고도를 찾아 가츠유키는 미묘하게 올라갔다 내려갔다를 반복했다. 왜일까, 중력이 정확히 작용하는 깃발이 수직으로 처져 바람에 나부껴 흔들리고 있었다. 옆으로 펼친 두 팔이 의미 없이 하늘을 휘저어, 미세한 압력이 전해오는 공기를 붙잡았다가 놓았다.

다니엘은 물결치는 온탕 표면과 투명한 온천물 안에서 흔들리는 자신과 가츠유키의 하반신을 보고 있었다. 그리고 오늘이라는 날이 아내 할아버지 장례식이었음을 잊고 있었다는 사실을 깨달았다. 철야에 이렇게 친척들이 모여 그다지 슬프지는 않은 표정으로 온천에 들어가는 일이 일본 풍습에서 얼마나 보편적인 것인지 잘은 모르겠다. 본인은 그렇다 쳐도 밖에 있는 하루히사와 가즈히데는 친아버지의 장례를 치르는 날이다.

옆에 있는 가츠유키에게 고인은 장인어른에 해당한다. 의리라는 단어가 부모나 형제에 붙는다는 게 재미있다고 다니엘은 생각했다.[5]

의리라는 말엔 무슨 감정과 거리감이 담겨 있을까. 다니엘에게 장인어른 가츠유키는 의리의 아버지. 장모님 요시미는 의리의 어머니. 하지만 사에는 그냥 아내. 그런데 생각하다 보니 다니엘은 아내 사에와의 관계에서 의리라는 말과 어울리는 감정이 솟아오름을 느

5) 장인어른의 일본어는 義理の父로 한자를 직역하면 '의리의 아버지'가 된다.

겼다.

아아 그렇구나, 아내한테 느끼는 바로 이 감정이 자신과 직접 피가 이어져 있지도 않은 사에 아버지나 어머니를 내 부모님과 다를 바 없는 존재로 생각하게 해 주는 거구나. 부모뿐만이 아니라 사에 할아버지도 사에 삼촌도 숙모도 사촌들도 그렇다, 사에가 외동딸이라 의리의 형제가 다니엘에게는 없지만 어쩌면 내 형제처럼 생각하는 마음. 생각하고 싶은 마음. 미국에 있는 3살 차이 나는 누나가 꽤 전에 결혼한 남편은 그러니까 의리의 형이 되는 셈인데, 지금까지 자신이 누나 남편에 대해 형처럼 생각하진 않고 그저 누나의 배우자로서만 생각했을지도 모른다면, 그건 누나와 남편 사이의 의리가 나한테 직접적으로 작용하지 않아서 그런 걸지도 모르겠군. 누나 남편은 내가 그 사람을 생각하는 것보다 나를 더 친하게 생각하고 있을지도 모르지. 누나한테 의리를 안 느끼니까 누나 남편한테 의리를 안 느끼는 건가…… 아, 너무 논리적으로 빠졌다.

다니엘이 이런 생각을 하는 동안 자기도 모르게 온탕 안에서 움직임 없이 가만히 있는 가츠유키의 윤곽을 계속 바라보고 있었음을 깨닫고 허둥지둥 시선을 다른 곳으로 옮겼다. 이렇게 온탕에 몸을 담그는 습관 없이 자란 다니엘에게 있어서, 공중목욕탕에서 나체로 같은 물에 몸을 담그는 행위는 아직 약간 거부감과 위화감이 있었지만 그렇다고 혐오감은 없다. 오히려 다소 쾌감을 동반하는 거부감처럼 느껴진다. 온천도 목욕탕도 좋아한다. 그러나 이렇게 몸을 담글 때마다 자신은 외국인이고 같은 물속에 있는 옆의 일본인과는 조금은 다른 생각을 떠올리고 있음을 의식하게 된다,

하지만 한편으로, 일본에 오래 살았고 많은 일본인 친구가 있고 사에라는 일본인 반려자와 살고 있는 다니엘은 확신 하나를 가지고 있는데, 그것은 자신이 외국인으로서 가지는 느낌은 결국 껍네기를 벗기면 그 속은 일본인이 느끼는 것과 동일하다는 마음이었다. 이 확신을 뒷받침할 수 있는 설명을 잘 할 수 있는 건 아니고 단지 경험에서 그렇게 생각한다. 껍데기란 대충 붙인 표현이고, 어쨌든 그걸 벗겨내는 게 어렵지만 요령만 익히면 의외로 어렵지도 않다.

아버님, 하고 다니엘은 가츠유키를 불렀다. 지금까지는 그냥 관습에 따라 그렇게 불렀던 걸 지금 속으로, 의리의라는 말이 아버님 앞에 포함된 호칭으로서 말한 것이다. 그랬더니 다니엘에게 있어서 아버님이라는 말의 의미가 완전히 변했다. 아버님, 아버님은 장모님한테 의리를 느껴요?

의리? 가츠유키가 다소 당황한 표정으로, 의리라……, 의리 말이지……라고 혼잣말하며 다시 허공을 봤다,

온탕 구석에 있는 용머리 모양 조각장식이 입에서 계속 온수를 내뿜고 있었다. 도도도도도, 목욕탕을 계속 울리고 있던 물소리를, 지금 이 대화를 계기로 비로소 그들의 청각이 감지했다. 덕분에 둘

밖에 없는 목욕탕 안에서 다른 소리는 아무것도 나고 있지 않음을 의식할 수 있었다.

재밌는 이야기를 꺼냈군. 의리라. 그래, 의리. 느끼는 거 같은데.

역시 느낍니까?

그래. 느끼는 것 같아. 그렇게 말하고 가츠유키는 한동안 입을 지그시 다물고 있다가 탕 안에서 몸을 다니엘 쪽으로 틀어, 그게 말야, 느낀다라는 동사로 말하는 자네 날카로운데라고 말했다. 의리를 느낀다고 생각하다니.

처음에 다니엘은 무슨 말인지 모르겠다는 표정을 하고 있다가 잠시 뒤에 아~, 하고 작지만 톤이 높은 목소리를 냈다. 의리를 느낀다 라고는 말 안 하나요?

그렇지. 이상하지는 않아. 그렇게 말하면 안 되는 건 아닌데 그런 표현은 잘 안 해서. 그렇다면 일반적으로 어떤 동사로 표현을 하는지 가츠유키도 바로 떠오르지가 않아서, 온탕 열기에 술이 더 오른 머리로 생각한 결과, 의리를 다한다, 가 떠올랐다.

다한다?

그렇지, 노력해서 다하는 거지.

아~, 그런 표현 들어 본 적 있어요. 다한다고 하는구나.

다니엘은 그 의미를 대강 깨닫고는, 의리라는 것을 감정보다는 관계성에 의해 자동으로 발생하는 의식으로 여긴다는 사실을 깨닫고 의리와 인정人情이라고 혼잣말했다.

가츠유키 쪽은 취기가 달아오른 몸 때문에 생각하는 게 귀찮았
다. 다니엘, 우리도 밖에 나가자.

그럴까요.

7

히로키와 료타의 아버지 히로시는 오늘밤의 장례식에 참석하지 않았다. 5년 전에 행방불명인 채다. 히로키 료타 형제의 어머니인 히로시의 전처 리에코는 이혼 직후인 8년 전부터 연락이 끊겼다. 두 아이는 히로시가 증발하고 할아버지 하루히사 집에서 살았다.

히로시가 사라질 것 같은 낌새나 전조는 전부터 있었다. 그래서 히로시가 사라진 후 한동안은 아무도 몰랐고 증발한 게 아닌가 생각은 하면서도 아무도 놀라지도 않았다. 하루이틀 연락도 없이 집에 안 오는 일은 몇 번 있었다.

당시 8살과 7살이었던 히로키와 료타는 세 식구가 살던 이타바시구 아파트에서 아빠가 사라지고 일주일 정도 둘이서 생활했다. 학교도 갔고 밤에 둘이서 컵라면으로 끼니를 때웠다. 아빠는 급할 때 쓰라며 항상 서랍 속에 천 엔을 넣어 두었다. 그전까지 아빠가 며칠간 돌아오지 않으면 형제는 그 돈으로 먹을 걸 사러 간 적이 있었고 이때도 냉장고가 비자 근처 편의점에 컵라면을 사러 갔다. 그런데 보통 길어봤자 이틀 정도 지나고 집에 오고는 했던 아버지가 이번엔 닷새가 지나도 돌아오지 않았다. 돈이 다 떨어져 무서웠던 히로키가 그날 밤 할아버지 하루히사에게 전화를 걸어서 히로시의 실종 소식이 알려졌다.

　무슨 일을 해도 오래 가질 못했다. 친척 중에 돈을 안 빌려 준 사람이 없다. 친척 말고도 여기저기 손을 벌렸다. 밥보다 도박을 좋아했고 도박보다 술을 더 좋아했다. 게다가 취하면 성미가 급해지고 화를 내기 시작하면 걷잡을 수 없다. 여자관계도 나쁘다. 맨정신에도 폭력적인 인간이라 아이 여자 할 것 없이 손찌검을 한다. 그러나 맨정신일 때가 거의 없다. 알코올중독이야. 알코올이 아니라 약물이야. 눈빛이 이상하잖아. 보면 알지. 씀씀이가 헤퍼서 돈이 없어도 비싼 것만 산다. 그것도 선글라스나 반지나 목걸이 같은 액세서리나, 일렉기타, 실내 트레이닝 기구나 고성능 청소기 등, 당장 생활에 필요도 없는 물건들뿐이다. 근데 기타도 못 치잖아. 그러더니 차가 필요하다는 말까지 꺼낸다. 돈도 없는 주제에 스포츠카? 차도 오토바이도 운전이 거칠어서 어릴 때부터 숱하게 사고만 쳤다니까. 면허 정지 받은 게 언젠데 무슨 자동차 타령이야.

　친척들의 말을 종합하면 그런 남자다. 제대로 된 구석이 없다. 다 거짓말은 아니다. 하지만 다 히로시의 일부분에 불과하다. 기타는 사지 않았다. 차도 사지 않았고 면허 정지 받은 적도 없다. 히로시는 친척들이 하는 말보다 더 평범하고 착한 아버지였다.

기분이 좋을 때 히로키와 료타를 간지럽히거나 번쩍 들어올려 깔깔 웃게 해 준다. 계속 그렇게 놀아 주니까 히로키와 료타는 너무 웃어서 배가 아프다. 재미있는 이야기로 웃겨 준다. 가끔 히로키 데이를 정해서 히로키가 가고 싶은 곳에 가고 먹고 싶은 걸 사 준다. 그럴 때 료타도 데리고 가서 료타 소원도 들어 준다. 잘못을 하면 엄하게 화를 내지만 용서할 때는 머리를 쓰다듬어 주는데 그러면 히로키도 료타도 기분을 풀어주는 듬직한 아빠가 좋다. 술 마시고 거칠어질 때도 있지만 그렇지 않을 때는 기분 좋게 취한 얼굴로 계속 웃고 있다. 평소에는 이야기하지 않는 어른스러운 화제를 비밀이라면서 잔뜩 푼다. 안아 주면 어깨와 등이 넓어서 쏙 안기는 기분이 포근하다. 다른 어떤 친구의 아빠보다도 상냥하다. 다른 아빠들도 다 상냥할 거고 히로시보다 월급도 많으며 학력도 높고 주변에서 나쁜 소리 안 듣는 아빠들도 있겠지만, 전체적으로 봤을 때 우리 아빠는 좋은 아빠라고 아이들은 생각했다.

히로키와 료타는 좋았던 아빠를 떠올리고 쓸쓸해져서 울기도 했지만 서로 우는 모습을 보인 적은 없다. 그런 약속을 하거나 룰을 만든 것도 아니지만 우는 모습을 형제한테 보이지 않겠다고 똑같이 결심했다. 둘 다 히로시가 언젠가 사라질 것임을 왠지 모르지만 알고 있었고 아빠가 돌아오지 않을지도 모른다는 사실을 깨달고도 놀라지도 않았다. 그저 상황을 받아들여야 하는 거라고 생각했다. 3년 전에 엄마가 사라졌을 때처럼.

두 아들의 양육권은 히로시가 가지고 있었다. 이혼 후 일절 연락을 주고받지는 않았지만 히로키와 료타의 엄마 리에코의 연락처를 시아버지 하루히사는 가지고 있었다. 고심 끝에, 히로시가 리에코에게 가지 않았다고 단정할 수도 없다라는 생각에 리에코에게 전화를 걸어 봤지만 없는 번호였다. 소용이 없을 거라고는 생각하면서 메모해 둔 주소로 찾아가 봤지만 귀가 잘 들리지 않는 노인이 살고 있었고 리에코가 누군지 모른다고 했다.

하루히사와 아내 미츠코는 손자 히로키와 료타를 거두어 우라와 자택에서 같이 살기로 했다. 중학교 사회선생님이었던 하루히사는 손자들과의 새 삶을 계기로 이듬해부터 시간 부담이 적은 시市교육위원회로 직장을 옮겼다. 히로키와 료타는 이타바시에서 우라와에 있는 초등학교로 전학갔다.

새 학교도 조부모와의 생활도 의외로 문제없이 적응한 둘을 보며 친척들은 안심은 하면서 딱하게 생각했다. 따뜻한 가정의 분위기나 부모의 애정을 제대로 경험하지 못해서 어떤 상황에도 굳세게 대응할 수 있는 게 아닐까 등의 의견을 주고받았지만, 따뜻한 가정의 분위기도 부모의 애정도 둘이 모르는 건 아니다. 새 동네, 할아버지와의 새 생활, 새 학교가 그냥 신선하고 즐거웠을 뿐이다. 아빠랑 엄마가 없는 쓸쓸함은 그런 것과는 완전히 별개로 매일 밤마다 이불 속의 둘을 찾아왔다. 둘의 하루하루를 잘 모르는 사람들이 마음대로 떠드는 거다.

서로 우는 모습을 보이지 않은 히로키와 료타였지만 이불 속에서 콧물을 훌쩍이는 소리라면 여러 번 들은 적이 있다. 지금도 언젠지 바로 기억해낼 수 있고 어른이 되어도 절대로 잊지 않을 것이다.

히로키 형제를 위한 5평 정도 되는 방은 과거에 히로시와 동생 다카시가 쓰던 방이었다. 벽 여기저기에 스티커를 붙였다 뗀 흔적이 남아 있고 낙서와 흠이 많은 수납장은 히로시 형제가 어릴 때부터 쓰던 것으로 문구류와 장난감 등을 넣었다. 선명한 파란색이었던 카펫은 지금은 때 타고 낡아서 원래 색이 가늠이 잘 안 된다. 이 카펫도 히로시가 이 방에서 쓰던 것임을 알고 히로키는 아빠의 어린 시절이 문득 가깝게 느껴져 동요했다. 아빠도 이 방에서 지금 나랑 똑같은 광경을 보고 똑같은 걸 생각했을지도 몰라라고 생각한 순간, 자기가 태어나기 전의 시간이 갑자기 눈앞에 들이닥친 것처럼 느껴져 불길한 예감이 들었다. 그런데 왜 불길할까. 기뻐할 것까지는 아니더라도 아빠 어린 시절을 생각하는 게 왜 불길할까.

너희가 가장 잘 알겠지만 너희 아빠의 장래는 불행하고 그 불행이 너네까지 집어삼킬 수 있으니까라고 친척 중 누가 말할지도 모르겠지만 그들이 말하는 불행이라는 게 도대체 우리한테 뭘 의미하는지 히로키와 료타는 하나도 모르겠다. 아니면 그 불길한 예감이야말로 그들이 말하는 불행의 실체일까. 아냐 그게 아냐. 아빠나 우리를 실체가 없는 불행이라는 이름으로 가두고 규정하려 드는 사람들의 존재 바로 그게 우리한테 불길한 거야.

어느 늦은 밤, 이불에서 나온 히로키는 방을 나와 복도를 살금살금 걸어간다. 아무리 천천히 발을 움직여도 바닥은 한 발 한 발 소리를 냈다. 계단을 내려가 조부모가 자고 있는 안방 앞을 조용히 지나고, 화장실을 지나 욕실을 지나 거실도 지나서 히로키는 부엌으로 가는 거 같다. 바닥과 벽의 경계도 불분명한 어둠이 깔린 복도를 당황하지 않고 계속 나아가 부엌에 도착한 히로키는 그대로 자연스럽게 냉장고 앞에 가 조용히 문을 열었다. 냉장고 등이 켜지고 안을 들여다보는 히로키 얼굴을 오렌지빛으로 비춘다. 히로키는 캔맥주를 꺼내고 조용히 문을 닫았다. 어두컴컴한 부엌에 히로키가 우두커니 서 있다. 옅은 파랑색 잠옷이 어둠 속에서 희미하게 밝지만 얼굴은 보이지 않는다. 캔을 따는 소리가 났다. 선 채로 마셨다.

지금 마시는 게 진짜로 주스나 차가 아니라 맥주라고?

조그마한 몸이 천천히 그러나 입을 떼지 않고 마시고, 목구멍이 일정한 간격으로 울렸다. 그 작은 소리가 그의 작은 몸을 연상시킨다. 이윽고 히로키는 다 마신 캔을 싱크대 위에 놓았다. 캔은 분명히 비어 있을 때의 소리를 냈다. 히로키는 크게 숨을 뱉었다. 이어서 그는 부엌 바닥 구석에 놓여 있는 사케병을 들어 낮은 공기소리와 함께 뚜껑을 따고는 아까와 마찬가지라기보다는 이번엔 거침없이, 농담 같이 들리겠지만, 하늘 쪽으로 들어올린 고개 위로 두 손으로 받친 병을 들어 입에 대고는 술을 마시기 시작했다. 어디선가 새어 들어오는 희미한 빛에 반사된 반투명한 병이 어둠 속에서 검붉게 보인다. 병을 들어 올린 그의 모습은 트럼펫연주자 같다. 아, 그래서 병나발을 분다고 하는 거구나.

히로키의 야간 음주는 한 달에 수 차례 발생했다. 심야에 발소리를 듣고 하루히사가 복도 쪽을 몰래 관찰하니 본인 의사에 의한 행동이라기보다는 무언가에 이끌리듯 복도를 걸어가는 히로키가 보였다. 부엌에서 술을 마시고 있는 히로키를 처음 발견했을 때 하루히사는 술병을 빼앗으며 충동적으로 머리를 세게 쳤지만 히로키는 격하게 화를 내고 있는 하루히사를 신경도 안 쓰고 화장실로 가 소변을 보고 다시 계단을 올라가 방에 들어가더니 그대로 잠들었다.

의사한테 데리고 가서 몽유병이 의심된다는 진단도 받았지만, 히로키 본인은 명석한 자기의식을 가지고 취한 행동이라고 생각하고 있었다. 그냥 술을 마셔보고 싶었을 뿐, 한번 맛을 보고 나서 종종 반복하고 있었을 뿐일지도 모른다. 물론 아빠가 사라지고 할아버지 집에서 살게 되어 심리적 스트레스는 있었지만 거기에 망연자실해서 술에 손을 댄 것은 아니고 명확한 자기의지로 술을 마신 거다. 생각하면 할수록 그렇게밖에 생각이 안 든다. 그러나 의사나 친척들은 집요하게 정실질환이라고 정하고 싶어 했고 히로키를 가엾게 여기고 싶어 했다. 아무리 아니라고 말을 해도 본인이 정신질환이 아니라고 믿고 있을 뿐이라는 반응이었다. 그래, 상관없어, 결국 내 말을 안 믿는다 이거지. 나도 당신들 안 믿어.

중학생인 지금은 하루히사나 미츠코의 시선은 아랑곳없이 일주일에 여러 번 자기 전에 부엌에서 캔맥주나 사케를 마시는 히로키가, 탕비실에서 쓰러졌고 지금 홀 구석으로 옮겨져 담요를 덮고 자고 있는 동생 료타를 보면서 느끼는 마음은 책임감과 같은 것이 아니었다.

소심해야 해라고 히로키는 속으로 생각한다. 지금 난 료타한테 책임감을 느끼지 않는다. 책임감 문제가 아니라, 료타가 이런 짓을 한 게 형의 영향이라는 식으로 책임 추궁을 당할지도 모르겠다, 그런 사태는 정말 성가신데라고 생각하며 두려움을 느끼고 있었다. 그런 두려움을 느끼기 때문에 자신의 책임에 대해 생각하게 되고, 다소 책임이 있을지도 몰라라고 생각하게 될지도 모른다는 게 두렵다. 시간이 흘러 몇 년 후에 어른이 되고 나서, 지금 이 생각을 잊고 살다가 료타가 술을 마시고 쓰러졌던 그때의 나는 책임을 느꼈다라는 마음과 함께 지금을 떠올리게 될지도 몰라서 그게 두렵다.

료타가 급성알코올중독은 아닐까 다들 걱정했지만 다카시가 안고 와서 눕히려 하자 눈을 떴다. 탕비실에서 츄하이 캔을 마시다 졸려서 잠이 들었을 뿐이지만 취하기도 해서 무슨 말인지 알아들을 수 없는 말을 빨리 계속 중얼거린다. 료타는 매일 저렇게 잠꼬대하니까 평소랑 다를 바 없으니까 걱정 안 해도 되겠다라고 생각하며 히로키가 복도를 걸어 탕비실에 들어가니 지카가 싱크대 옆에서 플라스틱 용기에 초밥과 음식을 담고 있었다.

뭐해?

아.

가지고 가게?

응.

오늘 어디서 자?

아마 할아버지네. 료짱 괜찮아?

괜찮을 거야.

히로키는 냉장고를 열어 안을 보고는 아무것도 꺼내지 않고 그대로 문을 닫고 바닥에 놓여 있는 아이스박스 뚜껑을 열었다. 캔맥주, 병맥주, 페트병 차 등이 담겨 있는 박스 안에서 캔맥주 하나를 꺼내서 뚜껑을 닫은 아이스박스 위에 걸터앉아 마시기 시작했다.

지카는 그 모습을 말없이 지켜보다가 다시 용기에 초밥을 담기 시작했다. 용기 세 개를 채워 하나씩 고무줄로 닫은 다음, 옆에 있던 비닐봉지 안에 차례로 넣고 봉지를 묶어서 음식이 흔들리지 않도록 고정했다. 비켜봐라며 히로키를 일으켜 아이스박스에서 캔맥주 두 개를 꺼내 싱크대 옆에 걸려 있는 행주로 물기를 닦고, 교복 스커트 좌우 주머니에 하나씩 넣었다.

갈게라고 히로키에게 말하고 지카는 탕비실을 나와 복도를 걸어 밖으로 나왔다.

8

5년 전부터 히로시가 행방불명이라는 건 주지의 사실이었지만 친척들 사이에서 그가 있는 곳이 어딘지는 금세 퍼졌다. 당사자는 아는지 모르는지, 때때로 거처를 바꾸고 또는 원래 거처로 돌아오기도 했는데 그때마다 히로시가 일으킨 사건이나 해프닝 관련 보고 혹은 상담이 제3자를 거쳐 부모형제 중 누군가에게 전해졌고 그래서 자연스럽게 근황을 알 수 있었다.

오히려 주소만 확실했던 실종 전이 평소에 뭐 하고 사는지가 지금보다 더 불분명했다.

그럴지도 모르지. 그런데 이제 와서 그런 걸 따진다고 뭐가 달라지는데? 우리 가족들이 더 주의를 기울였으면 실종은 막을 수 있었던 거 아냐?

엄청 중대한 사건을 일으키는 것도 아니라서 부모형제는 무시하기를 관철했다. 당사자가 연락을 하는 것도 아니고 애초에 당사자가 원해서 증발을 한 거다. 설령 돌아온다고 한들 그건 그것대로 번잡한 일이 터지는 셈이다. 그러므로 이쪽에서 굳이 연락을 하거나 움직일 필요는 없지라는 의견을 친척들은 공유했다.

오늘 같은 경조사로 친척들이 모이거나 전화로 안부 주고받을 때 등, 아주 작은 소리로 아주 잠깐 히로시가 화제에 오른다. 히로시라는 이름이 직접 들리지 않아도 자연스럽게 상체들이 한곳으로 모이고 눈썹 사이에 주름이 지고 입가를 손으로 가리고 목소리를 낮추는 것만 봐도 히로시 이야기임을 알 수 있어서 듣는 쪽도 같은 자세와 표정으로 바뀐다. 친척 중에 골칫덩어리가 있는 자들의 숙명을 분명하게 자각하는 순간인데, 그때 골치아픔을 표하는 그런 제스처로 인해 한편으로는 그 골칫덩어리를 지금 분명히 골칫덩어리로 여겨 주겠어라는 감정의 공유가 주는 활력을 알게 모르게 마음속에서 느끼기도 한다.

가끔 어른들이 공유하는 히로시의 근황은 친자식 히로키와 료타 그리고 어린 조카들에게 쉬쉬했지만 아이들도 바보는 아니다. 어른들이 행방불명이라고 선을 그어도 히로시의 거처를 완전히 모르고 있는 것 같지는 않음을 희미하게 감지하고 있었고, 하지만 물어보는 말을 꺼내는 건 역시나 망설여졌다. 그래서 묵묵히 모르는 척을 한다.

감옥에 있다.

노숙자다.

죽었다.

재혼해서 새집살림을 차렸다.

외국에 있다.

아이들이 공상하는 히로시의 현재에 관해서는 여러 설이 있었지만 어른들이 내린 함구령은 부서질 듯 하면서도 방어벽이 견고해서 그 어떤 추리도 뚜렷한 확증을 확보하지 못했다. 아니, 사실 어른들도 확증이 될 만한 정보를 쥐고 있는 건 아니라서 들려오는 정보를 바탕으로 추측하는 히로시의 근황은 아이들의 공상과 다를 바 없이 마구잡이로 얽히고설킨 채 최종적인 확신을 획득하지 못하고 있다.

감옥에 있다.

노숙자다.

병으로 입원했다.

한번 재혼했지만 이미 이혼했다.

오키나와에 있다.

각자 들은 정보를 꺼내 모아서 뭐가 정확한 최신정보인지를 심사했다. 체포는 당했지만 며칠 구금되었을 뿐 감옥에 들어가지는 않았다. 도쿄 병원에 입원했다가 회복하고 오키나와에서 요양 중이라고. 아니 오키나와에서 입원했다고 들었는데. 어쩌다 오키나와까지 갔지? 여자 따라 간 게지. 오키나와 여자랑 재혼했다잖아.

결국 히로시의 그 이후는 불명확한 채로 남아 있다. 그 이후라고는 해도 실종되었을 때가 5년 전이고 애초에 히로시네 가족은 친척들과의 교류도 그다지 없었기 때문에 아직 학생인 조카들은 히로시에 대해 잘 모른다.

손주일동이라고 적힌 화환이 관이 있는 실내의 제단 위에 지금도 있다. 진짜로 손주들이 그 화환을 주문한 건 아니고 상조회사가 준비했다. 그 손주 일동에는 행방불명인 히로시도 틀림없이 포함되어 있다. 다소 이 집의 사정을 아는 사람이라면 화환의 손주 일동이라는 글귀를 보고 히로시를 떠올리고 지금은 가늠할 길 없는 히로시를 향한 고인의 마음을 생각한다. 그리고 또 다른 문제아로서, 히로시와는 대조적으로 가장 최근까지 고인과 만년을 함께한 요시유키의 존재도 생각한다. 이 두 손주는 장례식에 오지 않았다.

손주는 총 10명이다.

제일 연장자가 아까부터 이야기에 나오고 있는 히로시다. 살아있으면 36살일 거다. 히로시의 동생 다카시는 장례식에 참석했지만 삼형제 중 막내 마사히토는 아까 다카시가 말했듯 가고시마에 있어서 오늘 오지 못했다. 다카시가 서른두 살, 마사히토가 올해 서른 살이었나. 하루히사 등을 차에 태우고 목욕하러 간 사에가 스물여덟 살, 고인과 같이 살았지만 장례식에 참석하지 않은 요시유키가 스물일곱 살이다. 요시유키의 여동생 지카는 열일곱 살이니까 남매의 나이차는 열 살인데 이 터울이 그대로 손주들 사이의 세대를 나누는 협곡이기도 하다. 즉 히로시부터 요시유키까지 다섯 명이 성인으로 연장자, 미성년 손주들은 열일곱 살 동갑 지카와 에이타를 필두로 에이타의 여동생 요코가 열다섯 살, 신야가 열네 살, 미아가 열세 살 이렇게 내려온다. 얼마 전까지 미성년 다섯 손주들은 아기들, 아기손주들 등으로 불리기도 했지만 이제 아기 나이는 지났다. 가상 아래 미아는 히로시의 장남 히로키와 동갑으로 히로키의 남동생 료타는 열두 살, 지금 술에 취해 자고 있다. 사에의 아들 슈토는 세 살로 히로키와 료타와는 육촌지간이 된다.

열 손주 중 결혼한 사람은 이혼하고 재혼을 했는지 알 수 없는 히로시 빼고 사에 한 사람이다. 세상 돌아가는 경향이기도 하겠으나 결혼이 눈에 띄게 늦어지고 있다. 사에 남편 다니엘도 오늘은 손주 세대 일원이 된 기분으로 친척들 사이에 끼어 있는 분위기다. 다니엘은 서른 두 살로 다카시와 동갑이다. 아까도 둘이서 이야기 나누며 술을 마셨다.

누가 누군지 도통 모르겠네.

핫짱의 그 말을 듣고 야스오는 웃으며 가슴주머니에서 담배를 꺼내 한 대 물었다. 홀에 두고 왔나, 라이터가 주머니에 없어서 향 피우는 라이터로 불을 붙였다. 촛불은 위험해서 껐다. 그럴 만도 하죠, 저도 지금 말한 게 맞는지 모르겠다니까요.

두 사람은 관과 제단이 있는 실내에 있었다. 화장실에서 우연히 만나 향이 잘 타고 있는지 보려고 함께 제단으로 왔고, 향이 거의 다 타서 새 향을 피운 다음에 술도 깰 겸 그대로 철제의자에 앉아 별 생각 없이 제단을 바라보고 있었는데, 핫짱이 조금 전에 자기하고 이야기를 나눈 고인의 손자처럼 보이는 청년 이름이 뭐냐고 야스오한테 물어서, 다카시입니다라고 대답한 야스오가 그대로 고인의 손주들에 대해 설명을 했다.

핫짱이 아는 건 고인의 다섯 자녀까지로 손주는 누가 누군지 모른다. 그래서 손주의 배우자는 더더욱 모르지만 이 집안의 경우 외국인 다니엘이라 오히려 알기 쉽다. 이해하고 있다고 생각했던 고인의 다섯 자녀만 해도 지금 눈앞에 있는 야스오가 차남으로 5남매 중 4번째지만 삼남에 막내인 가즈히데랑 순서가 헷갈려서, 야스오가 5남매 중 막내였지라고 핫짱은 생각하면서 이야기를 듣고 있었다.

연령으로 나누면 그렇게 윗세대 아랫세대로 나뉘어진다고 하면서 야스오는 제단 쪽으로 담배연기를 뱉으며 이야기를 이어간다. 핫짱은 어느 세대 이야기인지 잘은 모르지만 일단 고개를 끄덕인다.

나이로 세대 나누는 건 옛날부터 변함이 없는데요, 다른 구분법은 착실한 조와 착실하지 않은 조가 있죠라고 야스오가 말했다.

착실하지 않은 조는 당연히 히로시와 요시유키가 들어가고, 정확하지 않을 순 있지만 멘탈적으로 에이타도 이쪽에 들어가는 게 맞으려나. 히로시와 요시유키가 착실하지 않은 건 물론 그 성질이 완전히 다르지만 이 구분법은 본인이 착실하다고 자부하는 사람에 의한 것이므로 그런 성질의 차이를 엄밀하게 고려하지는 않는다. 결론적으로 착실한 조는 할아버지 장례식에 출석한 아이들이다. 가고시마의 마사히토는 결석했지만 사는 곳이 머니까 어쩔 수 없다. 마사히토는 가고시마에서 착실하게 일하고 있다고 들었다. 무슨 일 하는지는 까먹었지만. 착실조에 다카시, 마사히토, 사에가 들어가고 에이타를 제외한 아랫세내들은 일단 잠정석으로 착실조가 되겠지만 앞으로 어떻게 바뀔지는 모른다. 지카도 그렇고 요코도 그렇고 학교에서 공부도 품행도 문제가 없지만 학교생활의 표면적인 부분은 반 년이나 일 년 사이에 어떻게 변할지 알 수 없는 법이다. 지카는 아까 에이타랑 같이 술 마시던 거 같던데, 게다가 요코는 헤어스타일이나 교복 차림새를 보니 그다지 착실하게 학교생활 하는 거 같지는 않아요. 치마 길이, 와이셔츠 옷깃이나 리본 상태, 그리고 평소 스타일. 물론 이런 걸 하나하나 지적해서 고칠 생각은 없어요. 단지 대부분의 아이들이 그렇듯 사소한 계기로 잘못된 길로 들어서거나 아예 빠져버릴 수도 있다는 노파심은 들죠. 어떻게 하면 그렇게 안 되게 방지할 수 있는지, 저는 잘 모르겠지만.

아 야스오가 자기 자식 이야기를 하고 건가라고 파악한 핫짱은 대각선으로 걸터앉아 있는 의자 등받이에 팔꿈치를 걸치고 기울어진 머리를 기대는 듯한 포즈로, 이야기 속 아이들 중에서 자네 자식들이 누구지? 라고 확인했다.

에이타랑 요코입니다.

몇 살?

열일곱하고 열다섯.

좋을 때다.

그렇죠.

핫짱 할아버지가라고 야스오가 말한 순간, 오른손에 끼운 담배 끝의 재가 떨어질 것 같아서 향로 안에 버릴까 했지만 그건 아닌 거 같아서 주저했다. 재떨이 없나라며 오른손을 위로 들고 몸을 가만히 둔 채로 둘러봤지만 있을 리가 없다.

저기 버리면 되잖아라며 핫짱이 향로를 가리켜서, 에이 그래도 요라고 야스오는 대답했지만 결국엔, 괜찮겠지? 아버지 죄송합니다라고 말하면서 안에 재를 털었다.

핫짱 할아버지가 아버지랑 연세가 같으셨죠?

그렇지. 불알친구니까.

그러면 여든다섯 살.

올해 여든여섯이네.

몸은 좀 어떠세요?

말 안 듣지. 핫짱은 그렇게 말하고 의자에 기댔던 몸을 일으켜 졸린 듯 두 손으로 눈가를 비볐다.

반대로 말 잘 듣는다고 하시면 제가 깜짝 놀라겠죠.

매일 직접 주사 놓네.

무슨 주사요? 설마 마약?

핫짱은 웃었지만 건조한 목청에서 웃음소리는 울리지 않았다. 당뇨.

인슐린이구나.

가슴이 튀어나와, 땡겨.

아, 호르몬주사라서 그렇구나.

또 향로에 재를 털고 야스오가, 아버지도 막판에는 약 때문에 온몸이 붓고 피부가 과하게 번들거리는 게 갓난아이 얼굴 같더라고요.

인간은 최후에 아기로 돌아간다고들 하니까.

뭐, 그런 걸까요.

태어나자마자 죽을 고비 넘긴 게 야스오 자네 맞지?

예.

태어났는데 전혀 울지를 않으니까, 이 놈은 안되겠다, 죽나 보다라고 생각했다고 자네 애비한테 들었어.

예. 야스오는 짧아진 담배를 재에 비벼 끌까 했지만 그러지 않고 재떨이 찾으러 일어섰다. 복도 저쪽에서 모르는 여성분이 걸어오더니 어? 야스오는 온천 안 갔어? 라고 불필요하게 큰 소리로 말했다.

저도 가고 싶었는데 말이죠.

야스오도 오늘 밤 여기서 묵지?

네.

그러면 갔다 오지 그랬어.

다들 가는 줄 몰랐어요.

아이고, 아하하하, 하고 웃고 여성은 가버렸다.

누구시더라, 야스오는 기억해내려 했지만 모르겠다. 애초에 만난 기억이 없다. 장례식에 오실 정도면 얼굴 정도는 기억하고 있을 법도 한데.

9

무릎 위에 손을 얹은 채로 노천탕 벤치에 앉아 몸을 숙이고 있던 다니엘은 마치 소용돌이가 치는 것 같은 머릿속과 두 눈 사이 아니 관자놀이 안쪽, 어쨌든 그쪽 부분에 의식을 집중시키며 천천히 호흡을 길게 가져갔다.

온탕 안에서 다소 걱정스러운 표정으로 하루히사와 가츠유키와 겐지와 가즈히데가 다니엘을 바라보고 있었다.

노천탕에 들어갔다가 얼마 지나지 않아 다니엘은 눈이 핑 돌고 어지러워 탕에서 나왔지만 똑바로 걸을 수 없었다. 겨우 기어가듯 벤치까지 가서 걸터앉았다. 술까지 먹고 익숙하지 않은 온탕에 들어가서 그런지 어지러운 모양이다.

걱정하는 네 사람에게 다니엘은 온천이니까요라는 말을 반복했다. 그냥 온수가 아니라 각종 효과와 성분이 포함되어 있으니까 특수한 작용이 일어난 거죠, 그렇게 말하고 싶었지만, 뭔 소리야 과음한 거야라고 하루히사가 일축했다. 여기 봐라며 가리키는 곳에는 음주하신 분의 입욕은 삼가 주세요라고 쓴 간판이 서 있었지만 술이라면 하루히사도 나머지 세 사람도 똑같이 마셨다.

조금 쉬면 괜찮아질 거라고 다들 말해서 다니엘도 그렇게 믿었다. 원래 목욕도 온천도 좋아하는 다니엘은 과한 입욕으로 현기증이 발생할 수 있다는 사실은 알고 있었지만 자기가 그걸 경험하리라고는 생각도 못했다. 지금까지 그런 적은 한 번도 없었고 술 먹고 탕에 들어간 적도 전에 몇 번 있었는데. 하지만 이렇게 직접 몸을 담가 보지 않으면 무슨 일이 일어날지 모르는 거구나. 같은 물은 없는 거구나. 그게 온천의 매력이지. 다니엘은 소용돌이치는 머릿속에서 자신을 위기로 몰아넣은 온천을 필사적으로 옹호하려고 했다. 자기 머릿속 그 자체가 쉼 없이 솟아오르는 온천과도 같다라는 생각도 들었다. 게다가 오늘은 장례식이니까.

아빠!

슈토 목소리가 건너편 여탕에서 들려왔다. 하늘에 별이 보여!

순간적으로 네 사람이 동시에 위를 쳐다봤다. 분명 머리위에 밤하늘이 있고 별이 보였다. 다니엘도 숙이고 있던 머리를 들어올렸다. 머리가 위쪽을 향하는 감각이 분명 있기는 했지만, 그러나 실제로는 미동도 없었고 그의 시야엔 자기 허벅지와 무릎에 올린 손등과 사타구니를 가린 타월이 들어올 뿐이었다.

슈짱!이라고 큰 소리를 낸 건 슈짱의 할아버지 가츠유키였다. 아빠 지금 힘들어!

대답이 없어서 가츠유키는 다시, 아빠가 어지럽대! 라고 말했다. 다른 손님들은 다 가고 유리문 넘어 보이는 목욕탕 시계는 9시 40분을 가리키고 있었다. 아까부터 직원이 탈의실 정리를 하기 시작했다.

무슨 일이에요? 라고 여탕에서 사에 목소리가 들렸다.

다니엘이 어지러워서 쉬고 있어, 슈짱, 아빠 도와주러 이리로 와!

그래요? 괜찮대요?라는 사에 목소리가 들리고 슈토가 뭐라고 소리치는 게 들렸다. 가츠유키는 슈짱이 와 주지 않으면 아빠 힘들어! 라고 일부러 비장한 척 말했고, 다니엘은 고개를 숙인 채로 가츠유키 쪽에 희미한 미소를 보냈다.

이제 가시죠, 거기도 청소하죠? 라고 사에가 말했지만 남탕은 아무도 답을 하지 않는다. 하늘을 보고 있던 겐지는 저게 거문고자리인가라며 별 하나를 가리켰다.

조금 있다가 발가벗은 슈토가 실내를 총총 뛰어 오는 게 보였다. 청소하던 직원의 놀란 눈을 뒤로 하고 노천탕으로 달려온다.

우리 슈짱 왔구나! 라고 가츠유키가 온탕에서 일어나 말했다.

뛰면 다쳐라고 벤치에 앉은 채로 다니엘이 말했다.

아빠 왜 그래? 슈토는 다니엘의 무릎에 몸을 기댔다. 괜찮아?

괜찮아 괜찮아.

탕 쪽에서 보면 이쪽을 향하고 있는 슈토의 조그마한 엉덩이가 보였고 그보다 더 작은 고추가 엉덩이 사이에서 사라졌다 보였다를 반복했다. 만약에 몸이 하늘에 떠도 수직으로 축 쳐지지는 않겠어, 팔딱거리는 생선 심장 같네 고놈.

10

의자에 앉아 있던 핫짱은 젊었을 때, 언제더라, 고인과 둘이 떠났던 여행을 떠올렸다, 경로당 버스여행 말고. 아직 둘 다 일하던 시절, 겨울 아니면 초봄 무렵 둘은 기차로 호쿠리쿠로[6] 갔다.

이미 결혼도 했고 자식도 있는 한창 일할 나이인 남자 둘이서 여행이라, 무슨 경위로 그런 여행이 성립했는지 기억은 바로 안 난다. 기차로 둘이서 그 멀리까지. 그런 여행은 그때 딱 한번뿐이었던 것 같다.

그래서 둘이서 바다까지 걸어간 이유도 경위도 기억나지 않는다. 츠루가역에서 시작되는 길을 따라갔다. 이유도 경위도 기억나지 않고 걸으면서 본 풍경의 단편도 걸으면서 했던 생각의 내용도 전부 잊어버렸지만 그 윤곽이랄까, 껍데기 비슷한 건 남아있는 것

---

6) 北陸. 일본 혼슈의 동해와 접하는 지역. 여행 당시 호쿠리쿠신칸센은 개통 전이었으므로 교통이 불편했다.

같다. 그것마저 없으면 그 여행의 기억은 더 모호한, 진짜 갔었는지 아닌지 미궁에 빠질 것이다. 이미 그렇게 알쏭달쏭한 여행이나 사건들이 많다.

얼마나 걸었을까. 이미 시간 감각도 없고 잘 모르겠다. 10분 정도 된 거 같기도 하고 몇 시간 지난 거 같기도 하고. 지도 보면 대강 감이 오겠지만 결국 지도 위에 있는 것은 거리이지 그날의 여정과 시간은 아니다. 멈추고 돌아가고 길을 헤매고 그랬던 그날은 지도에 안 쓰여 있다. 하지만 중요한 건 틀림없이 지도에 없는 그거다. 그러므로 지도를 보는 건 기억을 죽이는 게 될지도 모른다. 따라서 난 절대 지도는 보지 않는다.

핫짱은 그렇게 굳게 결심했다. 기억이 안 나면 기억이 안 나는 대로 개의치 않는다. 그렇게 많이 잊어버려서 기억을 못하게 되고, 잊어버렸다는 사실조차도 잊어버린 기억도 많다. 잊어버리지는 않았지만 죽을 때까지 떠올리지 않을지도 모르는 기억도 있다. 생각하기에 따라선 잊는 것보다 이쪽이 더 잔혹하다.

그러므로 무언가를 떠올린다는 것 자체는 기쁘지만 그다지 세세하게 기억을 끄집어내고 싶은 건 아니다. 자세하면 할수록 거짓말로 변한다. 하지만 이렇게 구체적인 장소가 의식 안에서 떠오르면 내 생각과 상관없이 기억은 스스로 기억을 끄집어내기 시작해 틈을 메우고 이유를 성립시키려 한다. 거 쓸데없는 짓이라는 생각은 들지만 말릴 방법은 없다.

두 사람이 걸어서 도착한 곳은 츠루가만灣이 보이는 게히의 해송숲이었다. 아직은 쌀쌀한 계절의 아침, 길게 뻗은 해안에 인기척은 없다. 둘은 파도가 치는 물가에 그대로 앉아 바다를 바라봤다.

흐린 하늘은 비를 내리지는 않았지만 둔탁한 색이 낮게 퍼져 있었다. 좌우 멀리까지 나무로 뒤덮인 낮은 산으로 이어진 반도가 뻗어 있었다. 파도는 바닷가 가까이에서 잔잔하게 일었고 멀리 바라보니 바다가 호수처럼 고요하다. 날씨가 흐려 바다색도 깊은 청록색으로 보인다.

엉덩이 아래 부드러운 모래 감촉을 지금 철제의자에 닿은 엉덩이가 떠올린다.

--떠올린다.

핫짱은 자기도 모르게 입 밖으로 뱉은 자기 목소리를 자기가 듣고 놀랐다. 술 취한 마음 속을 맴도는 여행의 기억과 풍경을 자기도 모르게 말하고 있었던 걸까, 아니면 지금 들린 부분만 말한 걸까. 제단 위의 자그마한 불빛밖에 없는 어두운 실내에서 목소리는 반향을 일으키지 않고 그대로 사라졌다.

파도소리가 아득해지며 물소리와 함께 사아사아 돌이 굴러가는 듯한 소리도 들린다. 목소리를 내지 않도록 주의하며 엉덩이에 의식을 모아 다시 한 번 모래의 감촉을 떠올린다.

모래가 아니라 자갈 아니었나?

이 질문에 잠깐 생각했지만, 아니, 모래가 맞아라고 핫짱은 엉덩이가 기억하는 모래의 물질적 감촉을 느끼며 단언했다. 하지만 들려오는 파도 소리엔 자갈 소리가 분명 섞여 있다.

돌 소리가 났잖아.

응?

돌 소리.

그래. 그런데 모래해변이었어. 분명히 기억해.

음, 상류에 있을 법한 바위는 아니었지만, 이런 자갈 같은 거, 그니까 마치 강가 같은 바닷가 아니었나?

거긴 강이 아니라 바다야.

그건 그렇고, 왜 거기 갔더라.

그러니까. 나도 아까부터 그 생각을 하고 있는데.

거긴 나고야에서 북쪽으로 올라가나?

아니, 나고야 말고, 호쿠리쿠 본선本線이니까…….

마이바라?

마이바라? 그래, 마이바라. 마이바라에서 비와호湖 부근을…….

비와호가 보였던가?

보인 게 아니라 봤지.

아~, 봤다 봤다. 비와호.

호반 같이 걸었잖아.

걸었지 걸었지.

뭐더라, 고, 고, 고……고세이湖西선인가 하는 노선 기차 탔잖아.

고세이선~. 맞아 맞아. 탔지. 갈 때 말고 돌아올 때.

그런가?

그랬지, 마이바라에서 가면 비와호 동쪽을 지나간다고. 비와호 서쪽이라 고세이선이니까…….

자네는 옛날부터 말야라고 핫짱은 질렸다는 투로 말했다. 지리나 노선 같은 거에 집착한다니까. 그렇게 말하면서 핫짱은 그리움에 섰다. 자신이 이런 말투로 불만을 말했던 것도 한동안 잊고 살았다.

집착이 아니고 정확한 거야.

갈 때면 어떻고 올 때면 어떤가, 서쪽이든 동쪽이든 뭐가 대수라고. 그보다 더 중요한 게 있다고.

핫짱이 그렇게 말하면 옛날에는 틀림없이 말싸움이 났지만 언제부턴가 말싸움은 일어나지 않았다. 우리는 공격하고 싶은 마음을 각자 억누르고 말싸움으로 번지기 전에 참을 줄 알게 되었지라는 상념을 뒤로 하고 대화를 잇는다.

난 말이지 지도는 절대 안 봐. 핫짱이 말했다. 이 나이에 절대로 가야 하는 장소가 있는 것도 아니고.

나도 마찬가지야.

여행은 말이지.

응.

봄이야.

봄 좋지, 봄도 좋은데, 여름도 좋아.

그렇지,

가을도 좋지.

좋지.

좋지.

그 바닷가, 역시 모래였어.

모래하고 돌하고 다 있었던 거 아닌가.

아냐, 모래야. 기억한다고.

그런가. 나한텐 파도에 휩쓸리는 돌멩이 소리가 들리는데.

어? 뭐라고?

파도가 치잖아. 작은 돌이 사아사아 구르는 소리.

아 파도. 자네 좀 더 큰 소리로 말해 줘.

모래 위에 돌이 있었을지도…….

뭐라고? 안 들려. 더 크게 말하라니까.

지금 정도면 충분해.

안 들린다고.

자네처럼 큰 소리로 말하면 시끄러워서 무슨 말인지 모르겠어. 무서워.

안 시끄러워. 딱 좋구먼 뭘. 이 정도가 적당해.

목소리 커. 자네 귀가 멀었군.

안 크다니까. 안 크고 안 멀었어. 자네가 무슨 말 하는지 잘 안 들려.

나 원 참. 이 친구. 무섭다니까 그러네.

뭐가 무섭다는 말인지 나 원.

핫짱은 본인이 큰 소리로 이야기하고 있다고 생각하지는 않았지만, 자기 목소리가 혹시 엄청 클지도 모른다는 생각이 들자 아무도 없는 실내에서 어느 정도 목소리를 내면 좋을지 혼란스러웠다. 불알친구의 목소리가 들리지 않는다, 이건 저쪽이 말하지 않아선지 아니면 지금도 말을 하고 있지만 목소리가 안 들리게 된 건지, 둘 중에 뭔지 모르겠다.

핫짱은 발끈해서 반발은 했지만 자기 목소리가 크긴 컸다는 생각이 들었다. 그러나 동시에 그 목소리를 내가 낸 것은 아니고 난 그저 듣고만 있었는데 하는 기분도 들어서, 그 목소리가 평소 내 목소리와 얼마나 다른지 체크하려고, 아무도 없으니까, 아, 하고 아까부터 목소리를 내 보려고 했지만 좀처럼 안 나온다. 그건 목소리 내는 방법을 몰라서가 아니라 목소리를 내면 바로 그 순간 자기 귀로 명확히 확인할 수 있는 음량이 분명히 정해지고, 그러니까 마치 모르는 장소까지의 거리와 길을 표시한 지도를 보는 것처럼 분명해져서 망설이고 있는 건데, 이게 스스로도 그렇게 망설일 일인가 싶기도 하다. 그러나 본인도 놀랄 정도로 이 망설임을 지금 다른 그 무엇보다 가장 소중하게 간직하고 싶은 마음이 크다. 이대로 영원히 목소리를 내지 않고서 있고 싶다고 생각한다.

츠루가에 간 이유는, 거기 사는 동창생 구루마다 세이지가 마흔을 넘겨서 가정도 이루고 아이도 태어난 걸 축하하기 위해서였지만 핫짱은 지금 이걸 기억해내지 못하고 있다. 구루마다는 몇 년 전에 죽었다. 멀어서 장례식 참석은 못 하고 조전을 보냈다. 열 살 정도 연하였던 미모의 아내가 지금 어떻게 사는지는 모른다. 핫짱이 지금 이를 떠올리지 않으면 평생 떠올리지 않을지도 모른다. 그렇다고 문제가 될 건 아무것도 없지만. 그리고 결국 해송숲이 울창한 바닷가까지 걸어가서 뭘 했는지 지금도 기억이 안 난다, 진짜로 아무 이유도 경위도 없었을지도 모를 일이다. 마치 유령처럼 둘이 같이 걸어가서 바닷가 모래 아니면 자갈 위에 앉아서, 파도소리를 듣고 있었을지도 모른다. 그랬으면 좋겠다.

11

초밥, 김밥, 샐러드에 절임류, 춘권, 샤오마이 등 지카가 가지고 온 요리를 펼치자 요시유키 방의 작은 상이 진수성찬이다.

일 년에 한두 번, 추석이나 설날에 부모님이랑 할아버지 댁에 오면 요시유키는 어디 가고 없거나 있어도 창고에 틀어박혀 부모님을 만나려 하지 않았다.

지카와 요시유키가 종종 전화로 이야기하고 있는 건 다에도 겐지도 모른다. 완전히 모르는 건 아니지만 그 정도로 자주라고는 상상도 못하고 있다. 하지만 남매는 한 달에 한 번 또는 두 번, 마치 장거리 연애 중인 연인처럼 심야에 오래 통화를 했다. 여기서 위험한 연애감정을 발견하고 싶으면 마음대로 그렇게 하면 되는 거고, 솔직히 말해서 그런 쪽으로 상상력이 작동하는 게 추한 거예요. 아니, 대부분의 상상력이란 게 추한 쪽으로 기우는 법이죠. 여길 봐도 저길 봐도 추한 세상이니까.

우리는 그 따위 인간들하고 다르다고 주장하고픈 마음은 지카도 요시유키도 없지만, 남매 사이에 연애 감정 같은 건 티끌만큼도 없다. 두 사람 사이에는 한 마디로 정리할 수 없는 더 복잡한 관계가, 거미줄처럼 의미도 없지만 아름답게 펼쳐져 있다고 말하고 싶다. 어쩌면 결국 그건 연애와 다를 바 없는 것일지도 모르지만, 그런 거라면 그렇게 정리해도 좋다. 부르고 싶은 이름으로 불러도 된다. 그렇게 생각은 하지만 실제로 둘의 미묘한 관계성을 알고 있는 사람은 두 사람 말고 아무도 없다. 그럼에도 불구하고 알 수 없는 오빠를 향한 알 수 없는 감정, 또는 오빠와의 거리감과 같은 묘한 느낌을 다른 사람한테 어떻게 설명할 수 있을까? 생각한 결과 설명 불가!라고 결론을 내린다.

가족이 할아버지 댁을 방문하면 지카만 편하게 오빠가 있는 창고에 출입했다. 엄마도 아빠도 왠지 오빠를 무서워한달까, 마치 일정한 거리를 유지하려는 듯 물리적으로도 심리적으로도 더 가까이 가려 하지 않았다. 오빠와 부모님 사이에 있는, 역시나 한 마디로 정리할 수 없는 복잡한 관계를 지카는 잘 이해하지 못했다. 그 관계도 연애 같다고 말할 수 없는 건 또 아니지. 역시 저도 생각이 추한가 봐요.

추해요라는 대사는 지카 초등학교 6학년 때 담임 여선생님인 이와시마 선생님의 말버릇으로, 남자아이가 장난으로 음담패설을 말하면, 추해요라고 지적했다. 이와시마 선생님은 그 대사 말고 기억하는 게 거의 없다, 아니 바로 기억이 나지 않는다. 그러므로 지카 인생에서 현재로선 중요도가 아주 낮은 인물이지만 언어 레벨에 이렇게 뿌리를 튼튼하게 내리고 있어서, 추하다라는 말을 할 때는 자기도 모르게 반말이 아니라 요를 붙인다. 이처럼 하찮은 내용이지만 무시할 수는 없는 이와시마 선생님의 에피소드를 언제 누구한테 말하면 좋을지. 뭐, 꼭 누군가에게 말해야 하는 건 아니지만, 바로 그 하찮음 때문에 언젠가 아무나 상관없으니까 이야기를 하지 않으면 이 또한 내 기억 저편으로 사라져 두 번 다시 떠올리지 않을지도 모른다는 생각이 든다. 이렇게 이와시마 선생님 기억은 떠오르자마자 하찮음에 잠식당한다. 나도 누군가의 하찮은 기억 속에 있다가 언젠가 잊히겠지.

지카는 요시유키가 이곳으로 이사오기 전에 자기가 어릴 때 뛰어 놀았던 창고의 기억을 더듬으려 하지만, 지금은 도배도 되어 있고 바닥도 깔려 있고, 젊은 남성 혼자 사는 방의 모양새를 갖춘 창고 안을 보고 있으니 요시유키의 하루하루 생활이 보이는 것만 같다. 화려하지도 않고 문란하지도 않고 초조해 하지도 않고 후회하지도 않는 생활, 차분하지만 정체가 없는 생활이었다.

작은 냉장고, 식기 몇 개가 들어가 있는 찬장. 노트북, 옷서랍장이 5평 정도 되는 방 안에 자리 잡고 있다. 기타, 디지털 피아노 등, 지카는 용도를 잘 모르는 음악용 기재 여러개가 방 한쪽에 놓여 있다.

요시유키는 냉장고에서 캔맥주를 꺼내고 냉장고 문에 자석으로 붙인 고리에 걸려 있는 비닐봉지에서 나무젓가락을 꺼냈다.

너도 먹을래?

먹을래. 그리고 이거라고 말하며 지카는 스커트 주머니에서 캔맥주를 꺼내 요리 사이에 놓았다.

요시유키가 자신이 제작한 음원을 인터넷에 공개한 걸 지카가 안 건 몇 주 전이다. 요시유키가 전화로 그 말을 했을 때 인터넷에 음원이나 사진이나 동영상을 공개하는 게 요즘 드문 일도 아니고 학교 친구들 중에도 그러는 애도 있어서 처음엔 딱히 놀라지도 않았지만, 차분히 생각해 보니 오빠가 그와 같은 구체적인 무언가를 세상에 남기고 있고 게다가 그게 다른 사람 눈에 띨지도 모른다, 이런 일은 지금까지 없었던 것 같은데.

지카는 다소 신성하기까지 한 기분으로 동영상 사이트에서 오빠가 만든 걸로 추정되는 음원을 떨림을 가라앉히며 시청했다. 타이틀은 투고한 날짜로 추정되는 숫자뿐, 화면은 아무것도 없이 새까맣고 들리는 건 어디 강가에서 녹음을 한 건지 좔좔좔 시끄러운 물소리 사이에 어쿠스틱기타 소리나 합성한 것 같은 디지털 피아노 소리. 지카로선 도대체 이게 뭔지 도통 감을 잡을 수 없었다. 하지만 그 동영상의 조회수를 나타내는 숫자는 의외로 수천을 넘겼으며 영어 등 여러 외국말 댓글이 달려 있었다.

이 음원이 어떤 경위로 외국사람한테까지 퍼진 건지는 모른다. 요시유키의 계정으로 보이는 채널에 올라온 다른 동영상도 내용은 하나같이 비슷하지만 다들 예상외의 조회수에 칭찬하는 듯한 외국인 댓글이 많았다. 동영상들을 살펴보니 오래 된 건 몇 년도 더 전에 업로드된 것도 있다. 오빠는 이미 전부터 이렇게 살고 있었나 보다.

그러나 지카는 좋다는 생각도 안 들고 이해도 안 되고 결국 그 후 요시유키의 음원을 듣는 일은 없었다. 그런데 어젯밤에 집 거실에서 혼자 맥주 마실 때, 복도를 타고 아빠 코고는 소리가 작게 들리고 벽에서 요상한 소리가 한 번 났을 때, 그게 오늘 돌아가신 할아버지랑 관련이 있을지도 모른다고 생각했을 때, 요시유키가 만드는 영문을 알 수 없는 음악을 떠올렸다.

마시고 있는 맥주 맛이 혀와 입 안에 감돈다. 맥주 맛이 차가움을 담아 목과 배를 타고 온몸으로 퍼지는 걸 느끼면서 그 맛과 오늘, 그러니까 할아버지가 돌아가신 날 밤에 혼자 맥주를 마신 조금은 특별한 그 시간을 아빠 코고는 소리와 그 벽의 요상한 소리로 설명을 할 수 있을 것 같은 기분이 들어서, 그래서 지카는 핸드폰으로 동영상 사이트를 열어 오빠의 음원을 찾았다. 계정 속 동영상들 가운데 조금 전에 업로드된 게 하나 있었다. 오늘 날짜, 즉 할아버지 기일이 타이틀이었다.

지카는 캔맥주를 하나 더 꺼내서 소파에 앉아 맥주를 더 마시면서 그 음원을 들었다. 전에 들었던 것처럼 바깥 바람소리나 물소리는 안 들린다. 조용한 방 안에서 녹음한 건가. 그 창고 안이구나라고 지카는 생각했다. 건물 밖 벌레 우는 소리가 희미하게 들린다. 조금 텀이 있다가 호흡을 불어넣는 듯한 소리뿐이니까 무음의 순간이 있었고, 작게 방울소리가[7] 울렸다. 방울소리는 작아지면서 길게 이어졌다. 오늘은 기타나 피아노 소리는 없었고 방울소리만 들리고 음원은 종료했다.

할아버지 추도?

그렇게 생각을 한 게 정말로 어젯밤이었는지 지카는 지금 자신이 없는데, 그도 그럴 것이 그 일을 떠올린 건 지금 오빠 방에서 악기와 함께 놓여 있는 방울을 봤기 때문이다.

어젯밤엔 방울소리라고는 생각 안 하고 그냥 처마 끝에 단 풍경風聲인가 보다 생각하면서 막연히 들었기 때문일지도 모른다. 취했었고.

그런데 오늘 낮에 친척들이 할아버지 집에 모였을 때 불단 방울이 없어졌다며 난리였다. 이 집에서 장례식을 치르는 것도 아니니 큰 문제는 아니었지만 장례식 날에 없어졌으니 부정탄다, 아니 고인이 먼저 떠난 반려자를 사모하는 마음으로 매일 울렸던 방울이잖아라고 말하는 사람도 있었다. 저 세상으로 가지고 간 거야.

난리칠 것도 없었다. 요시유키가 가지고 갔을 뿐이었다.

---

7) 일본은 죽은 사람의 위패를 모신 불단을 집안에 두는데, 그곳에 불교식 방울을 두기도 한다.

요시유키는 맥주를 마시며 상 위 음식을 하나씩 입에 넣었다. 초밥은 공기에 오래 노출되어서 신선도가 떨어져 퍽퍽했지만 요시유키는 냉장고에서 사케를 꺼내 와서 종지에 간장과 술을 넣고 초밥 위 생선을 거기에 잠깐 담갔다가 밥 위에 올렸다.

그런 방법도 있어?

몰랐어? 사실 지금 생각난 데로 해 본 거야. 먹어봐.

······맛있다. 맛있어 진 거 같네. 이렇게 착실하게 생활하고 있는 거야?

그렇지는 않고.

오빠, 할머니 불단에서 방울 없어졌다고 다들 난리였어.

아아. 깜빡했네, 나중에 원위치 시킬게.

장례식장에서 여기 오는 길에 절 있잖아.

있지.

커다란 종 있잖아.

있지.

이따가 그 종 내가 울릴게.

응?

그니까 그 소리 녹음해.

여이~, 하고 부르는 소리와 함께 창고 문을 두드린다. 마당에서 사람들 소리가 들린다. 장례식장에서 사촌들이 돌아온 모양이다.

12

하루히사 등이 온천에서 돌아온 시각은 10시를 넘겼다.

조문객들은 다 돌아갔고 미츠코와 요시미와 다에가 탕비실에서 설거지를 하고 있었다. 홀에선 료타가 이불을 덮고 자고 있고 그 옆에서 편한 옷으로 갈아입은 야스오가 혼자 위스키를 마시고 있었다. 료타 이외의 아이들이 다카시 인솔 하에 이웃사람들 차에 나눠 타고 본가에 돌아온 것이었다.

온천 가는데 왜 안 불렀어. 야스오가 가즈히데에게 말했다.

형이 안 보이더라고.

마당에 있었지.

뭐 했는데?

음, 별 보고 있었지.

야스오는 그렇게 말하고 조금 쑥스러운 표정을 지었고 그 표정을 본 가즈히데도 똑같이 쑥스러운 표정을 지었다.

하루히사와 가츠유키, 겐지, 가즈히데, 그리고 야스오가 불침번을 서기로 했다. 다카시도 옷 갈아입고 합류하기로 했다. 여자들은 뒷정리 끝내고 돌아가기로 했다.

료타는 여기서 재워. 깨우면 미안하잖아.

다니엘도 남고 싶어 했지만 사에가 설득해서 세 가족은 차로 숙소로 향했다.

상복을 벗고 남은 음식을 새 그릇에 옮겨 홀 구석에 술과 함께 차리고 다섯이서 마시기 시작했다. 그러나 하루히사는 곧바로 졸리다며 이불을 꺼내 료타가 자는 옆에 깔고 누웠고 눕자마자 드르렁 드르렁 코를 골기 시작했다. 조금 뒤에 추리닝으로 갈아입은 다카시가 마당 유리창을 노크했다.

뭐야, 아버지 주무시네.

다카시, 걸어왔어?

아니, 요 앞까지 나나에 누나가 태워 줬어.

한 잔 해라며 가즈히데가 따라 주는 맥주를 마시며 다카시가, 오랜만에 요시유키 만났어요라고 겐지에게 말했다. 건강해 보이던데요. 몇 년 만이지, 할머니 장례식 이훈가.

그 방에서 나오든?

네, 지카랑 한 잔 하고 있던데요. 그 창고 방에서.

지카랑? 먼저 갔었나.

　주인을 잃은 집을 어떻게 할지 친척들은 앞으로 논의해야 한다. 고인도 합장될 못자리는 집과 가까운 절에 있다. 집 처리 건은 묘지 관리 및 묘지기 건과도 관계가 있다. 걸어서 10분 걸리는 곳에 사는 야스오를 제외하면 자식들 전부 이 동네를 벗어나 살고 있다. 야스오가 이 집에 들어와서 대를 잇는다, 그게 가장 자연스럽고 자식들 중에 반대하는 사람은 없다는 암묵적인 합의가 공유되어 있었다. 그러나 그 집에는 조립식 창고에 살고 있는 요시유키라는 불가사의한 존재가 있다.

　일단은 요시유키가 거기 살아도 될 거 같은데라고 하루히사가 이불에서 일어나며 말했다.

　안 잤어?

　나중에 야스오가 와도 되고 철거할 거면 뭐 그래도 되고.

　요시유키랑 지카, 창고에서 나왔어요라고 다카시는 겐지에게 말했다. 집 거실에서 사촌들끼리 마셔요. 사에랑 다니엘은 숙소로 돌아갔고.

　미성년자들이 다들 술꾼이구먼.

　요시유키한테 장례식장 안 오냐고 물어봤는데 안 온다네요.

　올 거면 진작 왔어야지. 고 녀석도 참.

　애비로서 미안합니다.

　겐지가 말은 했지만 왠지 남일 말하는 어투 같기도 하다. 겐지는 본심을 말하자면, 타인과 같은 거리감이 부모와 아들 사이에 적

절할지도 모른다는 생각이 점차 강해지고 있다. 부모자식이라는 게, 자식이 성장하고 결혼해서 손주를 낳고 취직해서 첫 월급을 타고 효도여행을 보내 주고, 부모자식 사이에 찾아오는 그런 일반적인 사건들이 부모와 자식을 부모자식답게 만들어 주는 게 아니라, 마치 남남 같고 일반적인 부모자식 관계처럼 보이지 않아도 그런 부모자식도 개별적으로, 그러니까 우리한테 요시유키가 있고 요시유키한테 여동생 지카가 있는 그런 관계도 분명히 부모자식 관계인 거고 부모자식으로서 개별적으로 존재하고 있는 거다. 그러니까 지금 우리 가족이 형성하고 있는 이 기묘한 관계성 또한 개별적인 부모자식 관계로서 그렇게 한숨이 나올 일일까? 취직도 안하고 할아버지네 마당에서 몇 년째 살고 있는 아들의 존재에 한숨 쉬기를 바라는 사람들의 기대에 부응하듯 한숨을 쉰 적도 있고 그렇게 함으로써 안도감 비슷한 느낌이 든 적도 있지만, 하지만 그게 전부 연극이었다고 지금 겐지는 생각하고 있다.

그래도라고 하루히사가 이불 위에서 말했다. 잘은 모르지만 요시유키 덕분에 아버지 만년이 외롭지는 않았겠지.

진짜. 아버지 안 심심하셨을 걸.

그 집에서 둘이 뭐하고 살았는지는 모르지만 아버지는 기뻤을 거야.

아들들이 이야기하는 고인의 성격은 손자가 보던 모습과 조금 다르게 들려서, 그렇구나라는 표정으로 이야기를 듣고 있던 다카시에게 무뚝뚝하고 고지식하고 남 생각 안하는 사람이긴 했지라고 가즈히데가 말했다. 혼자서는 외로움 잘 타서 아무것도 못하는 부분이 있었다. 누가 곁에 있어 주어야 하는데, 그런 주제에 투덜거리고 불평불만 많은 스타일.

까다로운 성격이었지, 솔직히.

아! 하고 가즈히데가 말하고 자리에서 일어섰다. 향.

아아! 라고 이구동성으로 소리치고 홀에서 급히 슬리퍼를 구겨 신고 복도로 나가 제단이 있는 실내로 향했다.

불빛을 따라 어둑한 실내를 향을 피우는 제단 쪽으로 걸어가니, 향은 이미 다 타 완전히 재로 변해 있었고 허연 잿더미에 아주 가늘게 불의 윤곽이 살아 있었다. 재 색깔을 가만히 보니 노란색 또는 파란색, 혹은 약간의 빨간색도 섞여 있는 것 같았다.

누가 여기서 담배 폈네. 재를 들여다보며 하루히사가 말했다.

가즈히데가, 아버지 죄송합니다라고 말하며 새 향을 피웠다.

13

만년에 술을 입에 대지 않았던 고인이 생활했던 집 냉장고엔 츄하이는커녕 맥주도 없었지만 부엌에는 언제부터 있었는지 사케가 몇 병 있었다. 에이타는 저거 마시자고 말했고, 지카는 창고방에서 가져 온 캔맥주를 마시고 있었다.

컵에 사케를 가득 따라 원샷을 반복하는 에이타는 이미 거나하게 취했다.

좀 있다 완전히 쩔어서 토하겠지 으이그라고 생각하는 사람은 에이타의 여동생 요코였는데 절제력을 잃고 폭주 중인 에이타를 냉정하게 바라보는 시선은 모두가 공유하고 있었다.

요코와 신야와 미아 셋은 장례식장에서 가지고 온 주스와 우롱차를 마시고 있었다. 히로키는 이 멤버들 안에서 다소 불편한 모양이다. 취해서 장례식장에서 잠든 동생 료타가 없으니 히로키는 미아와 함께 제일 막내다.

히로키를 제외하고 모두 사촌지간이다. 히로키의 아버지 히로시가 그들과 사촌지간으로 그 히로시는 지금 증발하고 없고 그래서 이들과 이들의 부모들에게 여러모로 폐를 끼치고 있다. 사실 사촌지간인지 아닌지는 히로키 빼고 다들 별로 의식하지 않고 있으며 오히려 나이 차이가 별로 없어서 생기는 친근감이나 반대로 나이차이가 많아서 생기는 거리감 같은 것이 편하게 이야기하고 웃고 그러는 중간중간에 희미하게 투영되고 있었지만, 히로키는 동년배인 미아와도 신야와도 요코와도 그다지 이야기를 주고받을 마음이 안 든다. 대신 사케를 마시고 있는 에이타의 배를 말없이 쿡쿡 찌르고 웃고, 요시유키한테 가서 두드러기 난 적 있어?라고 뜬금없는 질문을 한다.

아니, 없는데.

한 번도?

몰라. 있었나.

나, 얼마 전에 나가지고.

두드러기?

응. 완전 가렵고 붓고.

본가 거실에 전부해서 일곱 명 있었다. 나 빼고 전부 고등학생이나 중학생이군이라고 요시유키가 새삼 생각했다. 다 교복을 입고 있으니까 한눈에 학생임을 알 수 있는데 청바지에 티셔츠에 파카

입은 요시유키 혼자 튀는 감도 있었지만 나이가 많아서 그런 거니까 당연하다는 생각도 들었다.

요시유키가 일어서서 부엌으로 가자 히로키가 따라와 뭐 하게? 라고 물었다.

물.

다른 먹을 거 있어?

저기 상자 안에 전병 같은 거 있으니까 좀 가져 올래?

그래라고 말하고 히로키는 부엌 안쪽 철제통을 열고 전병과 과자를 거실로 가지고 갔다. 이거 먹으래라고 거실 모두에게 말했지만 수줍은 듯 빨리 말하는 걸 보니 역시 낯선가 보다. 히로키는 곧바로 요시유키가 있는 부엌으로 돌아갔지만 컵에 물을 다 따른 요시유키는 히로키를 두고 거실로 가서 에이타 앞에 컵을 놓았다.

물도 좀 마시라고 말하는 요시유키는 어떻게 이렇게 자연스럽게 이들과 눈을 맞추고 이야기를 할 수 있는 거지? 라고 스스로 놀라고 있었다. 기억이 확실하진 않지만 여기 있는 사람들 중 분명히 만난 적이 있다고 기억하는 건 동생 지카밖에 없고 다른 사촌들과 히로키 중 누굴 만난 적이 있고 만난 적이 없는지 하나도 기억나지 않는다. 물론 사촌이라는 사실과 이름 정도는 대충 파악하고 있었고 그들의 부모님들도 다소 알거나 기억은 하고 있지만, 솔직히 말해서 정확하게 누가 누구의 자식인지 누가 누구의 부모님인지 이름과 얼굴과 관계성을 말하라고 하면 틀릴 것 같다. 어쨌든 지금 이

공간에 내가 있고 게다가 어려움 없이 녹아들어 있다는 사실에서 요시유키는 신기함을 느꼈다.

혼자만 나이 차이가 나니까 어른스럽게 처신해야 하는 상황이라서 그런가. 할아버지라는 공통의 존재가 죽은 직후라는 점도 분명히 작용하고 있다.

지카는 오빠 방에서 마신 것까지 쳐서 캔맥주 3개째다. 철야 끝나고 마신 것까지 하면 더 마신 셈이다. 맥주는 그다지 좋아하지 않는다면서 잘 마신다.

요시유키는 에이타 먹일 물과 같이 가지고 온 얼음을 컵에 넣고 자기 방에서 가지고 온 아와모리[8]를 따라 마셨다.

이들은 학생이니까 내가 노동으로 돈을 벌고 있지 않아도 주눅들 필요가 없으니까 이렇게 릴랙스한 기분으로 연장자답게 행동할 수 있는 건가라는 생각이 든다. 하지만 노동하는 일상을 가진 사람에게 딱히 열등감을 가지고 있는 것도 아니고 경제적으로 할아버지 저축과 연금에 의존 중인 현재 상황 때문에 위축되거나 위기감을 느끼고 있는 것도 아니었다. 말하자면 일하지 않고도 이렇게 어떻게든 삶을 살아가고 있는 나를 있는 그대로 긍정하기 위해서는 어떻게 하면 좋을까, 긍정적일 수 있는 이유는 무엇일까, 그런 문제를 매일 생각하고 있는데, 이는 중학교 때 학교 다니는 걸 그만뒀을 때부터 지금까지 쭉 생각해 온 것이다. 이 사실을 요시유키는

---

8) 오키나와 지방에서 제조하는 증류수.

지금 깨닫는다.

폐쇄적으로 보이기도 하겠지만 비굴하고 울적하게 사는 건 아니다. 무언가에 열중하고 있는 것도 아니지만 오히려 평화롭게 장보러 슈퍼도 가고 멋들어진 요리를 만들어서 할아버지와 함께 먹기도 했다. 오빠에 대해 도대체 무슨 생각하고 사는지 모르겠어, 따위의 말을 하는 건 당사자가 스스로 아무것도 생각할 줄 모르기 때문이야, 그런 인간들은 오빠가 신문이나 뉴스에 나오는 전형적인 히키코모리 청년이길 바라는 거라고라고 지카가 아까 창고에서 같이 술 마실 때 말했다. 동생이지만 말 한번 잘 하네라고 요시유키는 생각했다.

아 나 취한다라고 지카는 말하고 양반다리 자세로 스커트를 무릎 쪽으로 펴면서 주머니에서 캔맥주를 꺼내 상 위에 통, 하고 놓았다. 내가 생각한 게 아니라 티브이에서 누가 그렇게 말하더라고. 그때 엄마랑 싸웠는데 왜 싸웠더라. 어쨌든 엄마가 나한테 이래라저래라 하니까 내가 왜 그래야 하는데?라고 물었는데 괴상한, 아니 납득이 안 가는 이유만 대잖아, 그래서 그 이유들이 나에 대한 게 아니고, 그니까 세상의 상식? 규칙 뭐 그런 거? 어쨌든 그런 걸 신용해서 하는 말이란 거지 내 말은. 그딴 게 무슨 의미가 있어, 열라 짱나게.

말이 거칠다 너. 진정해.

아 열라 짜증이 나니까.

부모란 게 그런 거 아닌가. 나도 부모 해 본 적 없어서 모르긴
모르지만. 사회가, 아니 이 세상 전부 그렇지. 부모뿐만이 아니라
전부. 네가 한 거친 말 빌리면 세상 열에 아홉은 열라 짱나지.

헐, 그 정도?

그 정도.

사는 게 싫어진다아라고 지카는 말하고 젓가락으로 할아버지
가 울렸던 방울을 두드리고 새 캔맥주를 땄다.

그런 세상을 살아가야 하니까 부모는 자식을 짱나게 만드는 사
람이 되는 거야.

할아버지도 그랬어?

분명 그랬겠지?

오빠는 할머니 기억해?

기억하지. 돌아가셨을 때 중학교 다니고 있었으니까.

나는 기억 잘 안 난다고 지카는 말하고 할머니가 돌아가신 시
기와 오빠가 등교를 거부한 시기가 겹친다는 사실을 깨달았다. 오
빠한테 잘 해줬어?

할머니 장례식 때 히로시 형이 술 취해서 난리도 아니었지. 그
때 형이 스무 살 정도였나, 거의 알코올중독 수준이었으니까. 장례
식 시작하기 전부터 곤드레만드레 취해 가지고 철야 도중에 다 토
하고. 것 때문에 하루히사 삼촌이랑 크게 싸워서 쫓겨났어. 그대로
어디론가 가 버렸을 거야.

최악이네.

그 다음날 고별식 하는데 화장장 가잖아, 그때 히로시 형이 와서 이번엔 엉엉 우는 거야. 하루히사 삼촌이랑 할아버지한테 무릎 꿇고 사과하면서, 저도 뼛가루 줍게 해 주십시오 제발요,[9] 그러면서 할머니랑 추억 같은 걸 혼자 떠들기 시작했지.

조부모에게 히로시는 첫 손주가 되는데 특히 할머니가 히로시를 아꼈다. 우라와에 있는 하루히사네를 종종 방문했고 주말이 되면 집으로 히로시를 불러 강과 산을 함께 산책하기도 했다. 맞벌이 부부인 하루히사와 미츠코 입장에서도 히로시 봐 달라는 부탁을 할 수가 있어서 고마웠다. 히로시 네 살 여름 때, 미츠코가 다카시 출산을 앞두고 히로시를 2주 정도 시댁에 맡기기로 했다. 그 당시 할아버지와 할머니는 지금은 다른 사람한테 팔고 없는 땅에서 직접 밭농사를 짓고 있었기 때문에 히로시는 해가 떠 있을 때는 함께 밭에 나가 놀고 해가 지면 모기장 안에서 할머니와 함께 잤다.

부모와 며칠간 떨어져 지내서 부모 손길이 그리워진 히로시는 어느 날 울상이 되었다. 네 살이었던 히로시는 그 여름의 기억을 어렴풋이, 지극히 단편적인 광경이나 인상 정도로만 가지고 있다. 그 단편들 중 하나가 이불을 뒤집어쓰고 금방이라도 울 것 같은 자신을 지긋이 바라보는 할머니의 눈, 쓰다듬어 주는 할머니의 손이다. 히로시는 그때, 나 그리고 우리 엄마 아빠 말고 다른 사람도 나

---

9) 일본 장례는 기본적으로 화장을 한다. 화장 후 고인의 친척들이 유골을 젓가락으로 주워 항아리에 담는 의식을 행한다.

랑 똑같이 여러가지를 느끼고 생각을 한다는 걸 알게 되었다. 할머니는 눈물을 흘리는 히로시 옆에 같이 누워서, 아이고 딱해라라는 표정으로 히로시의 어깨와 등을 쓰다듬고 안아 주었다. 히로시는 눈물을 멈추지는 못했지만 할머니가 자신을 가엾이 여기고 있음을 손끝과 동작에서 느꼈다. 할머니가 그때까지 느낀 적 있는 외로움이나 울고 싶은 감정이 할머니 안에서 떠오르고 있음을 알 수 있었다. 아니 알 수 있었다고 말할 정도는 아닐지도 모르지만, 알겠다는 생각을 그 순간에 했다. 그때 할머니 얼굴은 뭐라고 말로 표현할 수 없는 표정이었다. 슬퍼 보이기도 하고 사랑스러워 보이기도 하고 괴로워 보이기도 했다. 지금 떠올리면 기뻐하는 표정으로 보이기도 한다.

히로시와 리에코가 결혼한 건 할머니가 죽은 해의 봄으로, 울면서 화장장에 나타나 할머니와의 추억을 이야기하는 히로시를 리에코는 화장장 입구에 서서 보고 있었다. 리에코는 철야에는 오지 않았다. 몸이 아파서 집에서 잤다. 몸이 안 좋은 건 당사자도 아직 모르는 임신에 의한 입덧 때문이었는데, 그후 히로키가 태어난 뒤에도, 아무도 그때의 리에코 몸 상태가 입덧 때문이라고는 생각을 하지 못했다.

둘은 대학 동기였다. 리에코의 대학 졸업과 동시에 양가 부모의 반대를 뿌리치고, 실은 거의 도망치듯 집을 나와 혼인신고를 한 히로시와 리에코는 식도 올리지 않았다. 친척 일동과 관계가 소원하

128

고 착실하게 살지 않는 부부라는 인식이 퍼져 있어서 할머니 장례식에 손주며느리가 없어도 아무도 이상하게 생각하지 않았고 오히려, 애초에 올 생각 없었던 거 아니냐고 다들 말했다. 장례식에 얼굴도 안 비치는 며느리의 이미지가 그렇게 만들어진다. 하지만 입덧이 심했다. 히로키가 태어난 날을 기준으로 계산하면 추측이 가능함에도 불구하고 아무도 그렇게 상상하지 않았으며 이제 와서 그걸 상상하려는 사람도 아무도 없고, 히로시와 이혼하고 어디서 사는지도 모르는 리에코를 그만큼 생각하는 사람은 없다. 하지만 그건 입덧이었다. 장례식이 9월이고 히로키가 태어난 게 5월이니까 시기적으로 계산이 맞다. 죽고 없는 할머니 시노부는 증손주 탄생보다 8개월 일찍 죽은 셈인데, 그날 화장장에 나타난 리에코 뱃속에 히로키가 있었다면 그래도 같은 곳에 있는 게 되는 거 아닌가, 한 사람은 뱃속에 있고 다른 한 사람은 몸이 불에 타는 중이었으니까 결국은 못 만난 게 되는 건가, 오히려 이 세상이 아닌 다른 세상에서 가까이 지내고 있을까…… 아무 근거도 없고 평소에 그런 세계관을 가지고 있는 것도 아니지만 어찌 후자 쪽 상상으로 기울지 않을 수 있겠는가. 안일하고 터무니없다고 욕해도 영혼과 환생 그런 걸 생각하지 않을 수가 없다.

학점이 부족해서 리에코와 같이 졸업을 못 한 히로시는 대학교를 중퇴하고 결혼, 메지로에 있는 작은 사무용품 제조회사에 취직했으나 점점 출근을 하지 않게 된다. 공부를 열심히 한 것도 아니고 아무 생각 없이 놀고 즐기면서 대학생활을 보내다가 갑자기 사회로 진출하니 익숙지 않은 일에 대한 스트레스와 불안 때문에 술로 도피한다. 맨정신으로 있을 때가 거의 없을 지경에 이르렀다. 술이 깨면 불안하니 또 마신다. 결국 집에 전화 한 통이 왔고 히로시는 해고당했다. 리에코와 둘이서 아르바이트로 먹고 살았지만 히로시는 술을 끊지 못했다. 할머니가 돌아가신 게 그 무렵으로, 입덧으로 깊게 잠든 리에코를 두고 이타바시 집에서 도부도조東武東上 본선 타고 할아버지할머니 집이 있는 곳으로 향했다.

늦여름 평일 낮 시간, 도쿄를 빠져나가는 열차 안은 한산했고 시간이 지나면서 승객은 더 줄어든다. 밝은 기차 안에 상복 차림으로 앉아 있는 히로시는 더워 보이는 맑은 바깥풍경을 바라보고 있었다. 열차는 드넓은 논밭을 지나 산간으로 들어섰다. 히로시는 결국 가방에서 컵술을 꺼내 마신다. 다리를 건너는 기차의 창밖 풍경은 울창한 나무숲을 빠져나와, 갑자기 아래쪽으로 넓은 아라카와[10]를 등장시킨다. 금세 강 위를 지나간 다음의 창밖 풍경은 다시 높은 곳에서 내려다보는 선로 주변 풍경으로 바뀌었다.

어릴 때는 우라와 집에서 차로 왔다갔다만 해서 이렇게 기차로 할머니댁으로 갔던 기억이 히로시는 없었다. 그런데 지금 등장한 강가에서 본 건지 아니면 다른 경치의 기억인지, 강 위를 기차가 지나가는 광경은 기억하고 있는 것 같은 기분이 들었다. 그래서 어릴

---

10) 또는 아라강. 사이타마와 도쿄를 흘러 도쿄만으로 나가는 강.

때 올려다봤던 경치 쪽에서 옛날에 자신이 있었던 장소를 내려다보는 것 같은 기분도 들었다. 히로시는 술을 꺼내 더 마신다.

아까 강이 눈에 들어온 순간, 마음이 확 트인 것 같은 기분, 불안과 걱정을 떨쳐낸 것 같은 기분이었다. 또 강이 보이진 않을까 하고 창밖을 바라본다. 만약 강이 또 나타나 준다면 그 순간의 느낌을 평생 절대로 잊지 않겠다, 술도 끊고 착실하게 살겠다. 취업도 하고 우리 가족 행복하게 할 거야. 그렇게 히로시는 생각하면서 창밖 풍경을 바라보고 있었다. 하지만 강을 건너는 건 한번 뿐이다. 조금 있으면 열차는 목적지 역에 도착한다.

걷기가 귀찮아 택시로 할아버지 집까지 가서 코와 귀가 솜으로 막혀 있고 눈을 감고 있는, 피부가 나무색 같이 변한 채로 누워 있는 할머니를 봤다. 많이 모인 친척들 대부분은 오랜만에 보는 히로시가 취해 있음을 눈치는 채고 있지만, 아픈 덴 없고? 잘 지냈지? 등의 인사를 걸어 준다.

철야가 시작하기 전까지 다들 분주하게 움직이지만 자신은 할 일이 없어서 할머니가 누워 있는 방에서 술을 마시고 있는데 할아버지가 와서, 피곤하네라고 말하며 할머니를 사이에 두고 히로시와 마주 앉았다.

반팔 와이셔츠를 입고 농사꾼 시절의 건강함이 여전히 엿보이는 잔근육 많은 팔뚝을 양반다리로 앉은 양 무릎 위에 떨어뜨리고 있다. 어릴 때 봤던 할아버지의 햇볕에 그을린 팔은 선생님 하던 아버지와 느낌이 전혀 달라서 인상적이었다. 담배 좀 달라고 할아버지가 히로시에게 물었다.

히로시가 가슴주머니에서 세븐스타를 꺼내 라이터와 함께 건네니 할아버지는 불을 붙여 피기 시작했다.

한 동안 안 폈었는데.

히로시는 아무 반응도 하지 않았다. 술기운 때문에 점점 사고가 흐릿해지고 있었다. 인생의 오랜 동반자를 잃은 할아버지가 주검으로 변한 그녀를 앞에 두고 무슨 생각을 하고 있을까. 생각해 보려고 애쓰지만 생각은 방향을 잃고 흩어져 버린다.

그러므로 아마도, 그때 생각한 것이라고 지금 떠올리는 기억은 그때 생각한 게 아니라 나중에 그때 일을 떠올리면서 생각한 기억으로 그 나중이 언제냐 하면, 결국 그날 밤 철야 전에 술을 더 마셔 독경讀經 도중에 토해서 격노한 아버지한테 회장에서 쫓겨나 어쩔 수 없이 집으로 돌아와 자고 있던 리에코를 깨워 버리고, 아내의 걱정을 뒤로 하고 기분이 진정이 안 되니까 집에서 또 술을 마시고 그 다음날 다시, 이번엔 리에코와 함께 아라카와를 건너 화장장으로 가서 할아버지와 아버지께 사과하고 뼈 주워도 된다는 허락을 받고, 그로부터 8개월 후 리에코가 히로키를 낳고 이듬해에 료타도 낳고, 히로시는 술독에 빠져 사는 생활을 서서히 청산하고 새 직장을 찾고, 그렇게 두 아들이 걷고 말을 하게 되었을 무렵 말이다.

언젠가 할멈이 죽을 걸 슬퍼하면서 지금까지 살아 온 것 같은 기분이 드는구나.

담배를 피우며 할아버지 목소리가 그렇게 한 말을 히로시는 기억하고 있지만 그런데 목소리만 기억으로 있을 뿐, 잘 생각해 보면 그런 말을 할아버지가 나한테 할 리가 없다. 전혀 할아버지답지 않다. 따라서 히로시는 그때 할아버지가 그렇게 생각하고 있다고 자기가 한 생각을 할아버지 목소리로 기억하고 있는 걸지도 모른다. 그렇다면 그 목소리에게, 그래도 살아계실 때 슬퍼하는 거 말고 즐거웠던 일, 마음이 활짝 열리는 순간이 있었을 거예요라고 대답하는 자신의 목소리도 어쩌면 할아버지의 소리 없는 목소리에 대한 소리 없는 대답이었을까.

히로키와 료타에게 다음 주 일요일에 같이 놀러 가자는 약속을 한다. 아이들은 기뻐서 펄쩍펄쩍 뛰면서도 지금까지 여러 번 약속이 캔슬된 적이 있어서 계약서 쓰라고 말한다.

히로시는 빈 종이에 대충 펜으로, 몇 월 며칠 무슨 요일에 동물원에 가겠습니다를 쓰고 핫토리 히로시라고 서명하고 히로키에게 건네자 히로키는 그걸 반듯하게 접어서 그날부터 항상 가지고 다닌다. 매일 밤 꺼내서 히로시한테, 안 까먹었지? 라고 말하며 종이를 보인다.

안 까먹었지.

히로키와 료타는 대답을 듣고 기쁜 표정으로 다시 접어서 둘의 귀중품을 보관하는 주머니에 잘 넣어둔다. 히로키의 해맑게 웃는 입. 옆에서 웃는 형을 보는 료타의 맑은 눈. 아무 걱정도 불안도 없다. 며칠 후 히로시가 술기운에 그 종이를 찢어 버릴 거라고는 전혀 상상도 하지 못한다. 그들 앞에 있는 건 기대와 즐거움 뿐이다.

자기보다 약한 자가 앞에 있으면 마치 자신이 강한 자인 것처럼 굴어야 한다. 같이 약해지지 못한다. 똑같이 자신도 약하고 멍청하고, 어쩌면 너희들과 다를 바 없거나, 어쩌면 너희들보다 더 쉽게 도망을 칠 수 있으니까 실제로는 더 약할지도 모른다. 하지만 도망을 모르는 너희들은 도망치고 허세를 부리는 내가 마치 강한 자라고 생각하고 기대니까 나도 강한 자인 것처럼 굴지만, 너희들이 나한테 기댈 수 있는 건 아무것도 없어.

히로시가 그렇게 생각할 때, 모기장 안에서 울고 있는 자신을 보듬는 할머니의 손과 얼굴을 떠올린다.

그러나 히로시의 기억은 혼탁하다. 동생 출산 때문에 이 집에 맡겨져 밤에 이불 속에서 울었을 때 곁에서 위로해 준 건 아마 할머니가 아니라 할아버지였을 것이다.

마당 쪽으로 붙어 있는 손님방에 모기장을 치고 창문을 열고 모기향을 피웠다. 그렇게 늦잠을 자는 것도 그 시절까지였다. 불을 끄면 완전히 깜깜한데 밤에 켜 두는 전등만으로는 히로시가 무섭다고 해서 어디서 독서용 스탠드를 가지고 와 히로시 머리맡에 놓아 주었다. 모기장 밖에서 보면 머리맡만 과하게 밝은 빛 아래에서 울다 지쳐 숨이 가쁜 히로시의 머리를 쓰다듬어 주는 할아버지는, 히로시가 기억하는 대로, 아이고 딱해라라는 표정을 짓고 있는 듯 보이기도 했다.

다섯 자식을 키우며 부부가 비슷한 표정으로 살아 왔기 때문에 훌쩍이는 손주를 재우는 게 그렇게 곤혹스러운 일은 아닐 것이다. 옛날에, 하루히사나 요시미를 달래 재울 때의 허세나 감출 수 없는 약함을 떠올리며 그런 표정이 되기도 하지만.

부부 사이도 그렇지.

그렇군요.

넌 혼자선 못 사니까, 나한테는 자식이 하나 더 있는 거랑 똑같았지.

그렇군요.

네가 기댈 수 있어야 했으니까. 사실 기대도 될 정도로 강하지도 않은데도 나한테 기대도 된다, 그런 생각을 하다 보면 차츰 그렇게, 누가 기대도 되는 존재로, 자기가 강한 것처럼 느껴지더라.

그런 거 아닙니까. 그럼 됐죠.

어쨌든 무사하고 안심할 수 있으면 되겠지.

그렇죠.

인간이니까 언젠간 죽을 거고.

그건 어쩔 수가 없죠, 다 죽으니까.

우린 그런 경험 없었지만, 자식을 먼저 보내면 괴롭겠지?

엄청 괴롭겠죠.

우리 부부는 자식 다섯 무탈하게 키웠으니 이보다 더 고마운 일도 없지.

맞아요.

그런데 부부라는 게 반드시 한쪽이 먼저 죽어.

그렇네요. 사는 게 그런 걸까요.

그래, 그래도 괴롭구나.

근데 그 괴로움을 그냥 각오하고 참을 수밖에 없는 거 아닐까요. 같이 행복하게 살다가 마지막에 남겨진 한 사람은 조금 외롭겠지만, 그렇게 끝나가는 거 아닌가.

이런 멍청한. 그런 속 편한 소릴 하는 게 아니라고.

그런가요.

더 진지한 이야기를 하고 있다고.

그런가요. 죄송해요.

그리고 할아버지는 화가 났을 때 항상 그러듯 복도를 쿵쿵 세게 밟으며 겉옷과 모자를 챙겨 와서 잠깐 나갔다 온다라고 말하고 현관을 나갔다.

어두운 마당에서 집 앞길로 나가, 밭 사이를 지나 역 쪽으로 걸어간다. 외출용 운동화가 한 걸음 한 걸음마다 소리가 나서 밤길을 울린다. 어디선가 벌레 우는 소리가 들리고 멀리 강물 흐르는 소리가 들린다. 며칠 전 비가 와서 물이 불었다. 오늘 밤은 맑아서 별이 보인다.

도중에 핫짱 집을 지나지만 오늘은 들르지 않기로 했다. 길이 기찻길 쪽으로 이어진다. 선로 옆 야채밭을 살펴본다. 가을밤 공기는 덥지도 춥지도 않아서 걸치고 나온 얇은 외투가 딱 좋은데, 동시에 앞으로 맞이할 겨울에 해야 할 일들을 떠올렸다. 매년 같은 일을 하지만 그때마다 조금씩 다르지, 작년과 재작년과 재재작년이 다 다르지만 기후나 토지나 작물 상태가 어느 해에 어땠는지가 헷갈려라고 핫짱은 말했지만 농사꾼에게 중요한 건 그게 몇 년 전이었는가를 명확히 하는 게 아니다. 올해 기후나 모 상태가 그전과 비교해서 어떠한가, 어떻게 하면 올해는 작물이 잘 자랄 것인가, 이게 문제다. 밭작물은 나이를 먹지 않는다. 올해 열매를 얻고 내년에 또 새 열매가 난다. 거기엔 단절이 있다. 인간은 그렇지 않다. 매년 나이를 먹는다. 작년이랑 재작년이 뒤죽박죽이 되면 이치에 맞지 않게 된다.

스낵바에 가니 핫짱이 있었다.

뭐야 여기 있었네라고 말하며 카운터 쪽에 앉았다.

핫짱은 웃으면서 없길 바랐나 봐라고 카운터 건너 마담에게 말했다.

마담은 술병과 물을 카운터에 놓고 미즈와리[11] 준비를 한다. 제수씨랑 싸웠군, 얼굴 보면 알지라고 핫짱이 말했다.

---

11) 위스키를 물에 희석시켜 마시는 일본식 음주법.

카운터 구석엔 종종 여기서 마주치는 직장인으로 보이는 일행 둘이 있었다.

여기 봐봐 여기라며 핫짱은 자기 얼굴을 가리키며 말한다. 평소엔 가로선이 두 갠데 자네가 제수씨랑 싸운 날엔 세로선이 생긴 다니까. 봐봐, 생겼지?

시끄러라고 핫짱에게 말하고 마담이 만들어 준 미즈와리를 한 모금 마셨다. 마담 한 곡조 부탁해라고 퉁명스럽게 말하자 마담은 네네, 또 그 노래? 라고 응한다.

역시 싸웠구먼 뭘이라고 핫짱이 말하고 마담은 노래방 기계를 세팅한다.

안 싸웠어.

안 싸웠어?

그런 가벼운 문제가 아니야.

비슷한 문제 아냐? 싸움이랑.

조용히 있어. 노래 시작한다.

인트로가 흐르고 마담은 실내조명을 무대용으로 바꾸고 미러볼을 켰다. 카운터 안에서 마이크를 쥐고 서 있는 마담은 노래에 들어가기 전까지 진지한 표정으로 화면을 가만히 쳐다보고 있다.

이 동네 사람은 아니다. 어디서 태어나고 자랐는지는 단골 중에도 아는 사람이 없었지만 역 앞의 조촐한 바는 십여 년을 거치며 이 동네에서 없으면 안 되는 장소가 되었다. 마담의 편안하지만 선

을 넘지 않는 캐릭터도 좋고 맛있는 안주도 좋고, 무엇보다 아마추
어라고는 생각할 수 없는 그녀의 가창력이 이곳 인기의 핵심이다.
전에 앨범 낸 적 있는 가수가 아닐까 라는 소문도 있다. 소문이 진
짜라도 수긍이 될 정도다.

　　만약 그대를 만나지 못했다면

　　나는 어떻게 살고 있을까요

　　다른 사람 사랑하면서

　　평범하게 살고 있을까요

　　시간의 흐름에 몸을 맡기고

　　당신에게 물들어

　　하나 뿐인 인생조차

　　버릴 수 있어요

　　그러니 제발

　　내 곁에 있어요

　　지금 사랑하는 건 당신 뿐[12]

---

12) 테레사 텐(1953-1995) '시간의 흐름에 몸을 맡기고時の流れに身をまかせ' 가사. 한국에서는 영
　　화『첨밀밀』주제가로 유명한 가수 등려군鄧麗君 또는 덩리쥔으로 알려져 있다.

14

노래를 마친 요시유키가 기타를 놓았다. 사촌들 그리고 히로키는 노래를 듣고 있을 때와 똑같이 당황한 표정으로 누군가가 말을 꺼내기를 기다렸다.

요시유키가 아무 말이나 하면 좋았을 텐데 노래를 마친 요시유키는 보고 있는 쪽이 미안할 정도로 귀와 얼굴이 붉게 달아올랐지만 아닌 척 하려니 어색한 표정을 지어 버렸다.

창고에서 기타를 가지고 와 오빠한테 노래하라고 꼬드긴 지카는 역시 창고에서 가지고 온 녹음기 같은 기자재 버튼을 끄고 헤드폰을 벗고 맥주를 한 모금 마신 다음, 잘 된 거 같은데라고 말했다. 우리 오빠 노래 잘한다아.

화장실에서 에이타가 우웩우웩 토하는 소리가 들린다.

더럽게 참이라고 요시유키가 말하고 아와모리를 한 모금 마시고 다소 침착함을 되찾은 듯 보였지만, 다시 고개를 숙인 채 사촌들의 얼굴을 똑바로 보지 못하고 있다.

누구 노래야? 요코가 요시유키에게 물었다.

미소라 히바리 아냐? 라고 지카가 끼어들었고, 요시유키가 아니야, 테레사 텐이라며 드디어 고개를 들고 지카를 봤다. 강물의 흐름에~ 몸을 맡기고오~.

그런 노래 아니라고. 미소라 히바리랑 착각한 거야.[13]

테레사 텐?

지카도 모르고 지카보다 어린 요코도 신야도 미아도 히로키도 모를 거다. 화장실에서 토하고 있는 에이타도 모를 거다.

할머니가 좋아하시는 노래였대. 그래서 할아버지도 좋아하시게 됐다나. 그렇게 말하며 요시유키는 옷장 위 불단 쪽을 바라봤다.

아이들도 그 시선을 따라 저기 계시는, 직접 뵌 기억은 없는 할머니 얼굴을 사진으로 봤다.

오케이, 절에 잠깐 갔다 올게라며 지카가 일어서서 현관으로 향했다. 히로키가 뒤에서 따라 간다. 같이 갈래?

응.

그래 가자. 요코도 같이 안 갈래?

요코도 신야도 미아도 일어서서 뒤따라왔다. 위험하지 않을까, 나도 갈까? 라고 요시유키가 말했지만 지카는 오빠는 여기서 녹음

---

13) 미소라 히바리(1937-1989) '흐르는 강물처럼川の流れのように'

해라고 녹음기를 가리키며 말했다. 여기까지 들릴 만큼 멋지게 치고 올게.

하지 마, 늦었잖아.

할아버지 잘 가시라고 마지막 인사는 드려야지.

인사는 무슨.

지는 방울 울렸으면서. 그 말에 요시유키는 반응하지 못했다.

어차피 빠이빠이 할 거면 더 큰 소리로 힘차게 울려야징. 갔다 올게. 녹음해줘 오빠. 그리고 쟤 좀 부탁해라며 에이타가 있는 화장실을 가리켰다.

교복 차림의 다섯 명이 현관에서 어두운 마당으로 나왔다. 집을 돌아보니 현관 유리문 안쪽의 거실에 있는 요시유키가 이쪽을 바라보고 있는 게 보였다. 집 앞으로 난 길로 나와 지카가 선두로 걸어간다. 네 사람이 말없이 뒤를 따른다. 지카가 약간 휘청거렸다. 스스로도 꽤 취했음을 자각은 하고 있지만 가을밤 공기가 상쾌해서 취기가 다 가실 것 같은 기분이었다. 여태까지 이 정도로 술을 마신 적도 이 정도로 취한 적도 없었기 때문에, 아아 취한다는 게 이런 거구나, 술이 깬다는 게 이런 기분이구나, 차가운 공기가 피부랑 머리를 씻겨주는 그런 느낌이구나라고 생각했다. 요시유키에게 어쩌다 노래를 강요해 버린 것에 대한 혼자만의 후회와 동요도 밤바람이 찬찬히 달래 준다. 상중이라 내일도 학교 안 가도 된다. 그러나 모레부턴 다시 학교다. 수업은 재미도 없고 중간고사도 얼마 안 남았고 진로에 대해서도 생각을 해야 하고. 몰래 관찰 중인 단골 미용실의 디자이너는 아마도 여친이 있는 느낌. 그런데 오늘 밤은 기분이 좋아. 내일까지는 생각하기 싫은 거 생각하지 않아도 된다. 할아버지가 돌아가셨는데도 이렇게나 기분이 좋은 게 이상하기는 한데, 왠지, 슬픔과 슬픔 사이에 이런 상쾌함이나 즐거움이 없다면 그것도 거짓말이야. 지금의 난 틀림없이 걱정이 없고 상쾌한 기분이니까.

숲 옆길을 지나 삼거리를 거쳐 내리막길을 내려가기 시작했다.

고양이다! 라고 정자 탁자 위에 식빵자세로 웅크리고 있는 까만 고양이를 발견한 히로키가 외쳤다. 어두워서 전체 윤곽은 잘 안 보이지만 녹색으로 빛나는 눈이 이쪽을 보고 있었다.

일동은 멈춰 서서 고양이를 바라봤다. 그러자 정자 벽 뒤에서 삼색고양이 한 마리가 나타나 야옹, 하고 울자 길 건너편 나무 뒤에서 또 다른 고양이가 나타나 정자 뒤로 달려갔고, 거기에 반응한 정자 탁자 위 까만 고양이가 재빨리 몸을 일으켜 뛰어내리더니 탁자 다리 뒤로 숨어 이쪽을 경계하듯 본다. 그리고 마치 교대하듯 어디서 나타났는지 점박이고양이가 탁자 위로 점프했다.

신야가 살금살금 정자 쪽으로 걸어가서 가까이 웅크려 앉아, 냐아옹, 하고 고양이 울음소리를 냈다.

지카도 요코도 히로키도 흠칫 했는데 그때 미아가, 오빠 고양이 울음소리 잘 내라고 말했다. 미아는 스커트 주머니에서 가지고 있던 치즈소시지를 꺼내 비닐을 벗기면서 조용히 신야에게 다가가 소시지를 건넸다. 신야는 돌아보지도 않고 손을 뒤로 뻗어 그걸 받더니, 시선은 손 쪽으로 가지도 않고 고양이 쪽을 계속 향한 채로, 깐 소시지를 손바닥에 올려놓고 고양이들을 보면서, 냐아옹, 하고 또 울었다.

그 모습을 보고 있던 지카 옆쪽에서 이번에는 밝은 갈색의 다른 고양이가 불쑥 나타나 거기에 놀란 요코가 자기도 모르고 꺄 하고 큰 소리를 냈고 고양이 네 마리는 그 소리에 반응해서 이동했다. 무슨 고양이가 어디로 움직였는지는 모르겠지만 시야에서 사라진 고양이도 있고 이동만 한 고양이도 있는데, 처음 봤던 까만 고양이가 신야 손바닥 위 소시지 쪽으로 슬금슬금 다가와 한 입 먹었다.

쏴아아쏴아아, 전에 요시유키가 녹음한 음원 속 강물 소리와 똑같은 소리가 나직하게 들렸다. 지카는 절로 가는 길을 잘못 들어 강으로 향하고 있음을 깨닫고는 스커트 주머니에서 캔맥주를 꺼내 뚜껑을 따 한 모금 마셨다.

너무 많이 먹이면 안 좋으니까라고 신야가 말하고 까만 고양이 머리를 한번 쓰다듬고는 그 이상 소시지를 주지 않고 일어섰다. 정자 벽과 벤치 위에서 신야를 주시하고 있던 고양이들에게 가볍게 손인사하고 이번엔 본인이 선두에 서서 내리막길 커브를 돌아, 이윽고 일행은 강가에 도착했다.

절에 가는 거 아니었나? 다들 어렴풋이 생각은 하고 있었다. 같은 동네에 사는 요코는 집을 나설 때 지카가 절과 반대 방향으로 걸어가는 걸 알고는 있었지만 애초에 이렇게 늦은 시간에 무단으로 절의 종을 치겠다고 나서는 사람한테 다른 길이라고 길이 틀렸다고 충고를 하는 게 무슨 의미가 있나 싶었다.

내리막길 도중부터 보이기 시작한 강가는 강 표면이나 우거진 수풀의 어두움에 비하면 희미하게 빛나 보이기도 했는데, 다양한 크기로 깔려 있는 돌 위를 걸으니 한 걸음 한 걸음이 불안불안했다. 지카는 취해 있기도 했고. 강가엔 아무도 없었고 핸드폰으로 시간을 확인하니 곧 열 두시였다.

물가에 접근해서 물줄기를 직접 보고는 아 강이구나, 하고 인식한 다음, 하릴없이 돌도 던져 보기도 하고 맥주도 더 마시고, 강 건너편 건물을 요코가 가리키며 러브호텔이야라고 설명을 해 주기도 했지만, 아까의 기세는 다 사라지고 이런 늦은 시간에 자기보다 어린 사촌들을 반 강제적으로 끌고 온, 혼자 술에 취해 약간 속도 안 좋은 지카는 책임감을 느끼기 시작했다.

히로키가 강물 가까이 다가가 물에 손을 담갔다. 물줄기는 느긋했고 물소리도 어느새 의식으로부터 멀어져 아무것도 안 들리는 것 같은 기분이다.

지카는 무슨 노랜지 기억도 못하는 멜로디를 대강 흥얼거리며 신발을 벗고 양말을 벗는 히로키 옆을 지나 강에 발을 담갔다.

강물의 흐름에 몸을 맡기고♬ 당신에게 속아서♪ 아까 요시유키가 불렀던 노래와 멜로디도 가사도 완전히 다르고 고래고래 고함치는 목소리였지만 목청껏 끝까지 부르더니, 이윽고 숨이 가쁜지 노래를 멈추고는 그 자리에 주저앉아 엉덩이를 물에 담갔다. 아~어지러워. 취해따~

누나 괜찮아?

그러고는 뒤로 몸을 젖혀서 지카는 물에 누웠다. 수심이 얕아서 머리와 몸 아래쪽만 물에 잠겼지만 히로키는 지카가 떠내려갈지도 모른다는 생각이 들어 지카 왼손을 꽉 붙잡았다. 지카도 히로키 손을 꽉 붙잡고, 아이고 좋다라고 세상 가장 편안해 보이는 목소리로 말하고는 눈을 지그시 감았다.

어? 요코가 다 같이 걸어온 쪽을 봤다. 저 멀리서, 희미하게 울리는 종소리가 들려온다.

15

막차는 이미 끊겼다. 역도 승강구도 조명이 꺼져 어둡다. 역 주변 상점도 주택도 빛이 새어 나오는 건물은 얼마 없고 숲이나 밭은 원래 밤의 어둠 그 자체인 듯 깜깜하다, 아니 깜깜해 보인다.

어둠 속에서 가로등 불빛이 끊어질 듯 이어지며 비추는 길은 끊어질 듯 가늘게 굽이치며 이어져서, 지금 잠들어 있는 이 동네 사람들의 집과 집을 연결하며 어둠 속을 돌파하다가 끊겼다가, 다시 밝은 오렌지색 가로등과 함께 북쪽을 시원시원하게 달리는 국도에 닿기도 했다.

그 국도야말로 때때로 트럭이 이쪽으로 달려와서 저쪽으로 사라지니 움직임이 없는 이 동네 야경이 멈춘 시간 속에 있지 않음을 알 수 있게 해 주지만, 남쪽에 넓게 펼쳐진 밭 사이를 가르는 좁은 도로 위를 움직이는 자동차 불빛이 보이자 시간과 공간을 초월해서 이곳으로 온 물체를 밤하늘에서 본 것만 같은 착각에 휩싸였다. 그렇게 땅 위만 쳐다보고 있는 사이에 무언가 불가사의한 물체가 밤하늘을 날아다니지 않는다고 누가 단정할 수 있겠는가. 아무리 뚫어져라 바라봐도 보이지 않는 밭과 숲의 새까만 어둠 속에 진짜 뭐가 있는지 우리는 알 수 없다. 밝고 넓은 도로의 북쪽과 밭과 숲이 넓은 남쪽을 나누는 구불구불한 강과 그 주변도 정체를 가늠할 수 없는 어둠에 휩싸여 있는데, 그 어둠 속 어딘가에 소년소녀가 모여 있고 그 중 한 사람이 강에 몸을 담그고 있다고 그 누가 알겠는가.

강에서 그리 멀지 않은 밭 안에 자리 잡은 한 집엔 아직 불이 켜져 있었다. 자갈이 깔린 마당을 집 안에서 흘러나오는 형광등의 하얀 빛이 흐릿하게 비추고 있다.

마당 쪽 툇마루에 기자재를 놓고 그 앞에 양반다리로 앉아 헤드폰을 낀 요시유키는 지금, 절에서 울린 종소리 녹음에 성공했다.

마당 여기저기서 우는 벌레소리와 멀리서 도로를 달리는 자동차 소리와 함께, 소리가 되어 귀가 들으면 그 출처를 알 수 없게 되어 버리는, 미비한 터치 다음에 천천히 퍼지듯 오래오래 이어지는 종소리를 녹음했다.

전부 다 토했는지 의외로 정신을 차린 모양새로 돌아온 에이타가 뭐하는데?라고 요시유키 등 뒤에서 말해서 그 목소리도 녹음되었다.

밭 샛길을 따라 요시유키가 있는 집을 향해 움직이는 작은 손

전등 불빛은, 집회소에서 걸어서 오는 중인 미츠코와 요시미와 다에였다.

종소리는 세 사람 다 들었다. 처음에는 이상하다는 생각도 안 들었지만 조금 있다가, 그런데 이 시간에 무슨 종소리지? 라고 말한 건 요시미였다.

그러자 미츠코도 다에도, 진짜, 뭐야 뭐야, 무섭게라고 속삭였고, 속삭임을 주고받는 사이 무서움이 급격히 팽창해서 뭐야뭐야! 무서워무서워!라고 반은 고함치면서 집으로 뛰어갔다.

가지고 가던 비닐봉지 하나를 요시미가 떨어뜨렸고 초밥이 사방으로 튀었다. 그러든 말든 세 사람은 밤길을 내달린다. 또 종이 치고 종소리가 울린다.

아 뭐냐고뭐냐고! 진짜 무서워무서워!

떨어뜨린 초밥은 나중에 고양이가 먹으러 온다.

집회소에서 남은 술을 마시던 남자들은 떠드느라 종소리를 못 듣고 있다가, 두 번째 울렸을 때 가즈히데가 어? 절에서 종이 울린 거 같은데라고 말해서 가츠유키와 겐지와 다카시가 말을 멈추고 바깥 소리에 귀를 기울였다.

진짜네.

누구지 이 시간에.

할아버지일지도.

아하하하.

하루히사와 료타는 나란히 자고 있어서 종소리가 들리지 않았다.

다카시를 집회소까지 데려다 주고 그대로 시댁에 갈 생각이었지만 왠지 드라이브하고 싶은 기분에 국도로 나가 차가 거의 없는 길을 달리던 나나에한테도 종소리는 들리지 않았다.

카오디오 FM라디오에서 오래된 히트곡이 흐른다. 흥은 넘치지만 멜로디도 가사도 그저 그런 노래에 맞춰 헤이! 라고 운전하면서 외치고 머리도 흔들고 있었다. DJ가 지금 곡이 1979년 히트넘버라고 소개해서 내가 태어난 해네라고 나나에는 생각한다. 그렇다는 건 오늘 장례식에 오지 않은 히로시가 태어난 해이기도 하다.

히로시와는 제대로 대화를 해 본 적이 없는 것 같다. 마지막으로 본 게 어머님 장례식이었다. 가즈히데와 결혼하고 얼마 되지 않았을 때, 신야를 출산한 직후 즈음이었나. 가즈히데가 좀 재밌는 조카가 있는데 여보랑 동갑이야라고는 들은 적 있었다. 그의 재밌는 부분이 때로는, 아니 그보다 자주, 골치 아픈 사태를 불러일으킨다는 이야기도 들었다.

결국 제대로 사람 대 사람으로서의 관계도 못 맺고 그의 재밌는 부분도 골치 아픈 부분도 모른 채로 나나에는 지금까지 살고 있는데, 화장장에서 무릎 꿇고 통곡하는 모습, 제일 마지막에 뼈를 주워서 납골단지에 넣는 모습은 왠지 잊히지 않는다.[14] 그때 같이 왔던 리에코와는 앞으로 두 번 다시 만날 수 없겠지. 죽을 때까지.

---

14) 뼈를 줍는 순서는 일반적으로 고인의 가족과 친척 중 가장 가까운 순으로 결정된다.

리에코는 뼈를 줍지 않았다. 주워도 괜찮았는데. 반대하거나 말릴 사람은 아무도 없었을 거다. 하지만 그녀는 행동을 삼간 것이 아니라, 아니 삼갔을지도 모르지만, 몸이 안 좋았다. 그 시기에 히로키를 임신하고 있었을 테니 시기적으로 입덧이 심해도 이상할 건 없다. 화장장 입구에 서 있던 모습, 그후 친척들이 먹고 마시면서 유해가 뼛가루로 변하기를 기다리는 동안 구석에서 차를 마시려고 하다가 우읍 하고 멈칫하는 모습을 기억은 하는데, 하지만 정확하지도 않은 말을 다른 사람한테 할 수도 없고 할 마음도 안 생기고 해서 첫대면이지만 편하게 말도 걸지 못했고, 실은 그것보다 갓 태어난 신야를 돌보느라 심적 여유가 없었다.

그게 마지막이 되리라고는 생각도 못했기 때문에 지금 생각하면 조금 말이라도 붙였으면 좋았을 걸 싶다. 이 집안에 시집온 사람으로서 입장이 비슷하기도 하고.

하지만 이런 생각을 십 몇 년이나 지난 오늘, 아버님 장례식 밤에 차를 몰면서 생각해 봤자. 히로시도 리에코도 어디서 뭘 하고 사는지. 각자 사정은 있는 법이지, 그래도 두 아이의 엄마로서, 아들 둘 다 내팽개치고 가버린 부분에 동정의 여지는 없다. 하지만 중요한 건 내가 동정을 할 수 있냐 없냐가 아니다. 내 동정은 히로키 료타 형제의 부모한테도, 두 형제 당사자한테도 아무 상관도 없다.

빠른 속도로 달리는 차는 이미 동네 지역을 벗어나 산이 많은 지형을 돌아 구불구불 이어지는 국도를 나아간다. 나나에 시야에는 앞유리 너머로 깜깜한, 전방에 아무것도 안 보이는 어둠이 계속 펼쳐졌고, 그 어둠 안으로 비집고 들어오듯 가로등 불빛이 일정한 간격으로 나타났다 사라졌다를 반복한다. 헤드라이트는 앞쪽으로 뻗은 도로와 그 표면을 최대한 비추고 있다.

이어서 1979년 넘버~.

요상한 싸구려 노래가 나나에의 몸을 또 들썩이게 만든다. 음악의 리듬을 타고 일정하게 반복되는 시야가 춤추듯 흔들리는 풍경으로 변모한다. 오늘 밤 뜨거운 남자를 원해, 누구든 좋아, 뜨거운 남자가 필요해. 도나 서머의 선정적인 목소리. 별 다른 내용 없는 단순한 가사의 노래가 흐르고 있다.[15]

오늘 날짜로 타이틀이 붙는 음원이 조금 있다가 인터넷에 업로드될 것이다. 요시유키가 기타 치며 노래하는 테레사 텐의 대표곡에, 불가사의한 종소리가 반복해서 울린다. 도중에 에이타 목소리로 뭐하는데? 도 들어가 있을 거고 먼 국도를 군마 방면으로 달리고 있는 나나에의 자동차 소리도 자세히 들으면, 분명히 기록되어 있을 것이다.

---

15) 도나 서머(1948-2012) 'hot stuff'

야곡夜曲

그녀는 과거를 절대로 말하지 않는다. 어릴 때 이야기는 안 하기로 해서요.

왜? 라고 물으니 살포시 웃더니, 거짓말쟁이였으니까라고 대답했다. 내 기억이 어디까지 진짜고 어디까지 거짓말인지 나도 몰라요.

어릴 때 이야기만 안 하는 게 아니다. 이 동네에서 이 가게를 차릴 때까지 그녀가 어디서 어떻게 살았는지 아무도 모른다.

묻는 사람도 진지하게 그녀의 어린 시절 비밀을 캐고 싶은 건 아니라서 잠깐 궁금한 표정 짓다가, 맥주든 미즈와리든 뭐든 입에 넣고 나면 그걸로 이야기는 끝난다. 이젠 뭐할까 하다가 아까부터 조금씩 집어 먹던 마른안주가 눈에 들어오고, 이걸 지금 하나 더 먹을까 아니면 술 한 모금 마시고 먹을까 고민하면서 시간을 때우기로 했다.

카운터 테이블에 턱을 괴고 앉아 있다. 다른 한 손으로 술이 반
정도 남은 술잔을 들고 있다. 등은 자연스레 둥그렇게 말렸고 앞쪽
으로 기운 얼굴을 떨군 자세로. 술잔이 코앞에 있어서 문어처럼 입
술을 내밀면 닿는다. 컵을 기울이기만 하면 술은 입을 타고 안으로
들어온다.

마마,¹⁾ 하고 나도 모르게 불러 버렸다. 그녀는 하던 요리를 멈추
고 이쪽을 쳐다봤지만 용건은 없다. 고개는 아래를 향한 채 시선만
그녀를 향하고 있었는데, 그녀는 다시 자기 아래쪽을 바라보며 뭔
가를 송송 썰기 시작했다.

아 나도 나이를 먹었구나라고 생각하면서 멀리서 나를 관찰하
고 있는 내가 있다. 어른이 되었다고도 생각한다. 어릴 때 봤던 어
른의 모습을 지금의 내 모습 위에 포개어 보면, 관찰을 당하고 있
는 내 쪽이 왠지 아직 어린, 장난치고 뛰놀아도 용서받을 거 같은
느낌을 준다. 그래서 아까 자기도 모르게 마마, 하고 불러버린 목
소리에 여전히 어린 나 자신이 섞여 있는 것 같아서 뒤늦게 부끄러
워졌다. 엄마를 마마라 부른 적은 없는데도 말이다. 시간이 흘
러 어른이 되고 나이를 먹는 것에 대한 생각으로 이동하니 젊은
시절의 건강함이 팔꿈치와 등 쪽에서 희미하게 되살아난다. 관찰
을 하는 나는 맨정신이니까, 술은 이제 그만 마시고라고 말한다.
아직은 아니야라고 대답하면 더 말한다고 들을 상대가 아닌 걸 저

---

1) 일본어로 바 등 술집 여주인을 마마라고 부르기도 하는데, 이는 아이들이 엄마를 부르는 유
   아어이기도 하다. 여기서는 마담으로 번역하지 않고 내용에 맞춰 원문을 살렸다.

쪽도 잘 알아서 더는 말하지 않는다.

언제부터지, 나도 모르게 마른안주가 담긴 그릇이 아니라 길고 좁은 가게 천장 귀퉁이에 붙어 있는 작은 미러볼을 가만히 보고 있었다. 지금 노래하는 사람은 아무도 없으니까 미러볼은 돌지 않는다. 돌지는 않지만 가게 조명을 받아 은색 모자이크 표면이 반짝반짝 빛나는 미러볼을 보고 있으니 시메사바가[2) 먹고 싶어졌다.

마마가 해 주는 수제 시메사바는 진미니까.

나를 보는 내가 있는 먼 곳은 어디쯤일까. 과거는 아니다. 그러면 미래일까. 늙어 죽을 때쯤의 나일까. 아니면 지금과 같은 시간 속 다른 공간일까.

지금이다 지금, 이마와노 기요시로[3) 한 곡 뽑아야지라고 한 자리 건너 앉아 있는 이불가게 곤도가 말하며 마이크를 잡았다.

채 썬 무를 물로 씻던 그녀는 카운터 칸막이에 올려 뒀던 노래방기계 리모컨을 들었다가 마이크를 잡은 곤도가 노래를 부르려 하지 않는 걸 확인하고는 다음 작업에 돌입한다. 등 뒤 냉장고에서 남은 생강을 꺼내 껍질을 까고 강판에 간다.

가장 취한 사람은 마이크 잡은 곤도로 그는 주량 이상을 마시면 카운터 위에 엎드려 자기 시작한다. 하지만 아직 괜찮다.

카운터 테이블에 앉은 손님들은 대화를 주고받으며 동시에 자문자답을 반복하고 있다. 그녀는 그런 손님들을 보고 있다. 쉴 틈

---

2) 소금과 식초로 절인 고등어 요리.
3) 이마와노 기요시로(1951-2009)는 '더 킹 오브 록'으로 불리는 록 보컬리스트.

이 없다. 할 일이 계속 있다. 지금 하는 작업에서 다음 단계로 넘어가야 하는데 주문이 끼어든다. 주문 받으면서 착착 해 나간다. 카운터 6자리, 좁게 앉으면 여덟 명이 앉을 수 있는 조촐한 가게를 혼자서 꾸려나가고 있다. 손과 발은 손님들에게 보이지 않는 카운터 안쪽에서 오픈해서 마감할 때까지 쉼 없이 움직인다. 그러면서 눈은 손님들 앞에 있는 병과 잔, 남은 안주 양, 나란히 앉은 표정들을 꼼꼼히 관찰한다. 이불가게 곤도는 마이크를 잡은 것까진 좋았는데 곡을 고를 생각이 없다. 꺼진 마이크를 왼손에 쥔 채로 오른손으로 어묵을 먹고 있다.

　하나, 둘, 그녀는 끝자리부터 손님들을 한 사람씩 살펴본다. 곤도 씨 옆엔 같이 온 시청 관광과 지노 군. 씨 말고 군으로 부르긴 하지만 마흔도 넘었다. 하지만 우리 가게 단골 중 가장 젊은 축에 속한다. 오늘 손님은 남자 넷. 평일 9시도 지났고 이제 올 손님도 없다. 한 분 잔 들고 한 분 마이크 들고…… 냄비 속 어묵과 토란을 젓가락으로 굴리면서 속으로 자기 식으로 한 사람씩 세던 중, 세 번째 손님 하야카와와 눈이 마주쳤다. 수자원공사에서 일하는 하야카와는 위아래 세트 작업복인데 취하면 언제나 땅딸막한 몸을 더 둥글게 말고 무언가를 심사숙고한다. 그런데 둥그런 몸을 갑자기 쭉 펴고는 잔 들고 마이크 들고? 다 들린다! 다 보고 있네! 라고 옆자리 지노 군과 한 자리 건너 네 번째 손님, 제일 끝자리에 앉아 있는 가스가이 노인에게 말했다.

다들 단골에 안면 있는 사이다. 중고등학생처럼 네 사람이 얼굴을 맞대고 웃자 그녀도 함께 웃는다. 속으로 혼잣말하고 있다고 생각했는데 목소리로 나와 버렸나 보다.

으이그, 시답잖은 남정네들 같으니라며 스포츠신문을 읽던 가스가이가 신문 너머로 얼굴을 들고 말했다. 마마도 가게 나오는 재미도 없겠어.

중학교 교사였던 가스가이는 곧 희수喜壽를 맞는다, 노후 생활을 보내고 있긴 하지만, 신문에 글 써서 투고하는 걸 여생의 일거리로 정한 그는 각종 신문은 물론 티브이나 주간지 등도 꼼꼼히 체크하며 정보를 수집하고 있다.

내 말이. 속으로 대답한다. 젊은 훈남은 안 와 주려나.

이건 옛날에 도쿄의 가게에서 일할 때 익힌 호흡. 지금도 속으로 생각하기 전에 입 밖으로 튀어나오기 직전이었지만, 말하지 않았다. 지금 도쿄가 아닌 이 동네에 있는 내 가게에서 그러진 않아. 스스로 확인할 요량으로 그렇게 속으로 혼잣말한다. 목소리를 내지 않도록 주의하면서, 부정도 긍정도 하지 않고 너무 달지도 쓰지도 않은 미소로 화답하기. 냄비에 간장을 조금 넣는다. 만약 목소리를 내 버리면 그 다음 이어질 대화는 이럴까.

꿈도 크다. 우리 동네에 젊은 남자가 어딨어. 그나마 중학생이나 고등학생…….

소바집 츠토무가 있잖아.

뭔 소리야. 츠토무가 어디가 훈남인데.

젊긴 젊으니까.

술 못 마시니까 이런 덴 안 오지.

결혼할 나이 아냐?

결혼은……

모르지.

이린 식으로, 츠토무로 화제가 옮겨 갈 게 불 보듯 뻔하다. 그녀는 가스 불을 끄고, 곤도 씨 한 곡 할래요? 라고 한 마디 던진다.

마이크 스위치를 컨 곤도는 젊고 잘생긴 손님은 안 오려나라고 그녀 목소리를 흉내 내듯 말하며 그녀 쪽을 봤다.

그녀는 너무 차갑지 않게 눈길 한 번 주고 훗 하고 웃었다. 가스 가이가 신문지 넘기는 소리를 크게 내고 그렇게 대화는 정리된다.

투고가 자주 실리는 사람들 중에서도 날카로운 비평적 안목과 독특한 해학을 인정받아 시市 공보지에 에세이도 싣고 있는 가스 가이 노인은 연예인 가십 같은 걸 손님들 중 가장 잘 안다. 시시콜콜한 이야기를 무시하면 안 된다고 그는 말한다. 시시콜콜한 이야기야말로 세상을 비춘다.

매일매일 변함없는 손님들의 변함없는 이야기지만 거기엔 무시할 수 없는 차이가 있다. 그 차이를 담은 말들과 함께 이 가게의 시시콜콜한 시간이 축적되고 역사가 된다. 그녀의 취향과 의견을 반영하여 가게 벽에는 거의 장식이 없는데 개점 10주년을 기념해서 단골들이 작성해 준 롤링페이퍼가 카운터 정면 벽에 걸려 있다. 컬러풀한 매직으로 쓴 대략 열 명의 이름과 메시지 중에는 지금 이 네 사람 것도 있다. 이 롤링페이퍼도 이미 대략 10년이 지났다.

똑같은 이야기가 반복되는 거 같아도 똑같은 이야기는 하나도 없다. 시골 좁은 동네에서 이렇게 작은 가게를 운영하려면 하루하루 사소한 이야기들이 쌓아올리는 얇은 층 하나하나를 응시할 줄 알아야 한다. 보고 있다 보면 애정이 생기지만, 계속 보는 건 녹록치가 않다.

롤링페이퍼에 있는 이름 중 반은 이미 이 세상 사람이 아니다.

그후, 실제로 이루어진 대화는 아니나 다를까 결국 츠토무 이야기였는데 그녀의 상상과는 다소 다르게 예상치 못한 형태로 끝나 버렸다.

소바집 츠토무가 있잖아.

뭔 소리야. 츠토무가 어디가 훈남인데.

젊긴 젊으니까.

지노 군이랑 아래로 띠동갑?

음……그랬나? 그럴지도.

우리 애랑 동갑이라고 곤도가 마이크를 잡은 채로 내뱉은 혼잣말이 스피커를 울렸다.

순간 그녀도 나머지 세 손님도, 다소 놀란 얼굴이었다.

애?

곤도 씨, 자식 있었어?

곤도가 이 지역 고등학교를 졸업하고 도호쿠 지방의 대학교에 진학해서 졸업하고 도쿄에 취직한 건 알고 있었다. 그후 결혼해서 가정을 이루고, 서른 중반에 고향에 돌아와 가업인 이불가게를 이어받은 것도 알고 있었다. 그런데 아버지가 병환으로 건강이 안 좋아서 고향집에 온 건지, 고향집에 오고 난 직후에 아버지가 쓰러진 건지, 여러 번 들었을 텐데 정확히 기억이 나지 않는다. 자식이 있다는 말은 아마 아무도 들은 적이 없다.

가스가이 노인은 신문을 보는 포즈로 복귀했다.

그다지 깊지 않은 관계에서 숨길 생각은 없지만 말하지 않은 사실이 몇 개 있다고 해도 이상할 건 없다. 다들 짧지 않은 자기 삶을 살아 왔고 여간한 일에는 크게 놀라지 않는다. 그렇지만 곤도에게 자식이 있다니, 이 이야기가 여태껏 이 가게 카운터에서 단 한 번도 화제에 오른 적이 없다는 사실이 정말이지 부자연스럽다. 여기 있는 네 사람의 인생에 대해서라면, 이런저런 시절의 이런저런 일들을, 흩어진 퍼즐들을 함께 모으듯 이야기하고 듣고 그래 왔는데. 만약 자식이 있는 게 진짜라면 지금까지 끼워 맞춰 온 퍼즐이 어그러져 버린다.

아니야, 농담이지라며 곤도가 곧바로 말했다. 또 마이크로 말했다. 에이 진짜라고 지노 군도 하야카와도 말하고는 다시 각자 페이스로 술 마시고 안주 먹기 시작한다. 곤도는 소주를 한 모금 마시고는 본격적으로 노래 부를 채비를 갖춘다, 히노 군이 시샤모구이[4]를 주문했다.

그녀는 실내조명을 스테이지 분위기로 바꾸고 미러볼을 켰다. 조용한 인트로를 들으며 석쇠를 꺼내 불 위에 놓고 냉장고에서 시샤모 2마리를 꺼내 석쇠 위에 놓았다.

달콤한 입맞춤 아련한 추억
꿈에서 떠올리고 울까[5]

타닥, 석쇠에서 작게 소리가 났다. 말고 티딕티딕 천장에서 나는 소리는 회전하는 미러볼이 같은 곳에 매번 걸려서 내는 소리다. 빛깔 좋게 타들어가는 시샤모를 바라보며, 종종 이럴 때가 있어라고 그녀는 생각했다.

거짓말을 한 의미도 없고 뜻밖의 내용에다 맥락도 없고, 그리고 바로 들통나는 거짓말. 손익을 선악을 따지는 것도 의미 없는, 거짓말이라기보단 어쩌다 잘못 해 버린 말, 자면서 한 잠꼬대, 말한 자신도 왜 그런 말을 한 건지 알 수가 없는 허언이 자기도 모르게 목소리가 되어 입으로 나온다. 술자리에서 그런 일은 충분히 있을 수 있다.

술 취한 사람이 하는 행동은 예상이 안 된다. 무슨 행동을 해도 이상할 건 없지만, 이런 거짓말은 듣는 쪽이 당황스럽다. 실제로 곤도 씨한테 자식이 있는데 그 사실을 지금까지 치밀하게 비밀로

---

4) 열빙어. 알이 꽉찬 시샤모구이는 안주로 인기가 많다.
5) 이노우에 요스이(1948-) '차라리, 세레나데いっそ、セレナーデ' 가사.

해 왔지만 지금 자기도 모르게 발설해 버렸을 가능성이 없지는 않다라고 카운터의 나머지 세 사람이 지금 속으로 생각하고 있음을 알 수 있다. 아니 그러니까, 그렇게 생각을 하지 않으면 곤도 씨가 거짓말을 할 이유가 잘 떠오르지 않으니까, 그렇게라도 생각을 해야 겨우겨우 납득할 수 있을 것 같다.

'차리리, 세레나데'는 어려운 노래인데 곤도 씨는 노래방은 좋아하지만 노래를 잘 하는 건 아니다. 평소에 더 쿵짝쿵짝 들썩들썩하는 노래를 고래고래 불렀던 그가 입에 잘 붙을 거 같지도 않은 그 노래를 부르는 오늘 목소리는 왠지 힘이 없고 불안정했다.

좀 전에, 자식의 존재를 숨겨 온 듯한 거짓말을 중얼거린 다음, 그는 왜 평소에 부르지 않는 이런 노래를 바로 오늘 부르는 것일까. 오늘이 어떤 의미가 있는 날일까. 쉽게 설명할 수 없는 의미가 있지는 않을까, 그런 생각을 왠지 떨칠 수 없다.

바람이 전하는 소식이 멈춘 이유를

누구에게 물을까 아니면 울까

이 가사가 걸린다. 역시나 사실은 생이별한 아들 또는 딸이 어딘가에 살고 있지만 나한테 자식은 없다는 그런 마음으로 살고 있는 걸까. 없는 셈 치려는 마음 따위 도저히 꽉 붙잡고 있을 수가 없어서 지금 술에 취해 그만 그 마음을 놓고 말았다, 그런 건 아닐까.

하야카와는 아까 보던 미러볼이 지금 돌고 있는 걸 보고 있다. 턱을 괸 채로 컵을 얼굴 가까이 든 모습인데 술은 거의 없다. 남아 있지 않다. 한잔 더 할지 아니면 오늘은 여기까지 마시고 집에 갈지를 못 정하고 있다. 순간 곤도 씨가, 옆에서 보면 계속 구부정한 자세로 앉아 있을 뿐인 나를 지금 어딘가에서 관찰하고 있는 내가 있음을 알아차리고, 그래서 아까 그런 이상한 말을 꺼낸 게 아닐까 하는 생각이 떠올랐다. 이런 생각이 떠오른 것까지는 좋지만 더 생각하니 복잡하다. 반추해도 잘 모르겠다. 난 마누라도 자식도 없지만 옛날에 사귀었던 여자들 중 내 아이를 낳은 사람이 있을 가능성이 전혀 없다고는 할 수 없지라는 생각이 들자, 왠지 가슴이 뜨거워지고 격정과도 같은 감정이 차오른다. 곤도 씨가 열창하는 도중인데도, 오랜 세월 살다 보면 여러 가능성을 버리면서 살아왔구나 그렇게 느낄 때가 왜 있잖아라고 카운터 안의 마마에게 큰 소리로 떠들어 버렸다. 마마는 말없이 눈빛과 고개로 그래요그래요라고 응해 준다.

그렇다, 만약에 자식이 있었다면 지금 내 인생은 어땠을까 하고 생각해 본 적이 있다. 누구나 있겠지. 나를 보는 나, 그건 있는지 없는지 알 수 없는 곤도 씨의 자식과도 같은 존재로 가정해도 될지도. 자시키와라시[6]처럼, 어느새 방 저쪽 구석에서 나를 바라보고 있다. 언젠가 태어났을지도 모르지만, 태어나지 않은 자식. 노래가 끝나서 박수를 치려다가 컵을 들고 있던 걸 깜빡해서 그만 떨어트렸다. 깨지지는 않았지만 컵이 쓰러져 남은 술을 쏟아서 얼음이

---

6) 주로 도호쿠 지방에서 전해내려오는 어린아이의 모습을 한 귀신 또는 요정.

곤도 씨 쪽으로 미끄러져 갔다. 아이고~, 나랑 마마랑 옆의 지노 군이 허둥지둥 닦는다.

지금의 이런저런 일들, 이것들도 시간이 흐르면 얇게 얇게 쌓여가는 이 가게 역사의 층에 파묻혀 안 보이겠지. 지금 이 순간의 광경을 거의 아무것도, 떠올릴 수 없게 될 것이다.

노래 좋네요라고 마마가 곤도에게 말했다. 곤도는 기뻐하는 것 같다.

*

술을 마시진 않지만 매일 손님께 술을 내고 취한 손님을 가까이서 보다 보면 머리와 몸에 취기가 도는 것 같은 기분이 든다.

사람마다 취하는 스타일도 다르고 같은 사람이라도 그날그날 다르고, 마시는 술 종류에 따라 또 다르다. 점점 몸이 무거워지는 사람도 있고 동작과 말에 가속이 붙는 사람도 있다. 2시간 걸려서 천천히 취하는 사람도 있고 10분 만에 취하고 계속 주절거리는 사람도 있다. 뭐랄까, 취한 사람들한테 공통된 시간을 선사해도 그다지 의미가 없다. 아무리 마셔도 깊게는 안 취하는 사람도 있다. 거의 안 취하고 또렷한 사람도 있다. 그렇다고 아예 안 취하는 건 절대 아니라서 술을 마시기 전과 완전히 같을 순 없다. 취기 이외의 무언가를 머리나 몸이 받아들인다.

떠들 때보다, 말과 말 사이에서 침묵하고 있을 때를 관찰한다. 술을 마시거나 무언가 먹거나 아무것도 안 하고 허공을 바라보고 있을 때를 보고 있으면 그 손님이 속으로 생각을 하고 있음을 알 수 있다. 무슨 생각을 하는지는 모르지만 그 사람 속에서 흐르고 있는 사고의 속도, 농담濃淡, 산만함을 알겠다. 내용이야 어차피 다 그게 그거고, 그런 하찮은 생각이 그 사람 속에서 퍼지고 흩어지는 형태에 맞춰서 자신의 사고도 퍼지고 흩어진다. 그러는 사이 결국 나도 취하는 것이다.

곤도 씨에게 자식이 있는지 없는지 진실은 알 수 없지만, 아마도 없겠지. 어쨌든 좀 전에 곤도 씨가 그런 말을 뱉어버린 마음의 흐름을 왠지 알 것만 같다. 예를 들면, 나는 자식이 없다라고 속으로 혼잣말하고 나서 한 호흡 넣는다. 그러면 내가 만들었지만 왠지 의미가 있을 것 같이 느껴지는 그 소리 없는 시간에, 내가 말한 내 이야기에 물음표가 붙는다. 나는 자식이 없다?

진짜로 없어?

자식이 있을 리가 없지, 그런데 의심하는 이유가 뭐야.

내가 마마니까.

역시나 취했구나.

그녀는 침착한 손놀림으로 시샤모를 석쇠에서 들어 둥근 접시에 담았다. 요리를 보기 좋게 담거나 마른안주를 곁들이는 데에 항상 신경을 쓰지만 시샤모구이는 그것만 낸다. 그릇도 고급스러워 보이는 것 말고 아무데서나 살 수 있는 하얀 접시다. 마요네즈 찍어 먹을 것 같은 손님이라면 옆에 짜 주지만 지노 군은 필요 없다. 여긴 전문 식당과는 다르니까 시샤모 정도야 대충 담아 주고 손님도 손으로 집어 먹으면 그만이다. 어디까지 대충해야 손님 기분이 상하지 않을지 최대한 주의하면서.

마마라고 부르기 전부터 가스가이 노인의 컵에 남은 술이 얼마 없다는 걸 알고 있었기 때문에 그녀는 곧바로 병을 들어 더 따라 주었다.

과거는 이야기하시 않기로 했다. 이 동네 오기 전의 삶도 이 동네로 오게 된 경위도 아무한테도 말한 적 없다. 그래서 손님들로선 수수께끼 여사장의 과거에 배우자나 자식은 없었나 하고 상상하는 게 전혀 부자연스럽지 않았다. 아무것도 말하지 않는다. 그 침묵이 오랜 세월을 거치며 무언가 실체가 있는 과거에 준하는 두께나 무게를 가지기도 한다.

마마라고 하야카와가 말했다. 하야카와 씨는 슬슬 그만 마실 타이밍이다. 한 잔 더 마시거나 이대로 그만 마시거나.

내 시메사바는?라고 말하지만 시메사바 주문은 받지 않았다.

어? 주문 안 했나? 하야카와는 입을 벌린 얼빠진 표정을 짓는다.

주문 받은 걸 깜빡한 걸로 치고 사과하고, 바로 준비한다. 그러면 한 잔 더 마시겠다.

자네 시메사바 주문 안 했어라고 가스가이가 옆의 하야카와에게 말했다.

마마가 해 주는 수제 시메사바는 진미니까. 한 잔 더 받으면서
하야카와는 말했다. 지겹도록 들은 대사다.

안다면서 가스가이는 미즈와리를 한 모금 마셨다. 그거, 라고
말을 잇는다. 그녀는 가스가이 노인을 힐끔 보고 희미하게 입가에
힘을 줬다. 아니, 입가를 명확하게 찡그렸다. 그 표정을 가스가이도
하야카와도 지노 군도 봤다. 곤도는 마이크를 테이블에 아무렇게
나 던져두고 엎드려 자고 있다.

그거, 규슈 지역 방식이야라는 목소리가 누군가의 귀에 울렸지
만 가스가이는 그런 말을 하지 않았다. 그 대사는 전에 그가 저지
른 실패로 여사장이 쌓은 말 없는 과거의 표면에 큰 흠집을 냈다.
몇 년 전이었다. 가스가이의 그 대사가 소동 같은 걸 일으킨 건 아
니다. 그러나 무겁고 긴 침묵을 초래했다.

가스가이가 말한 규슈라는 단어는, 그 자리에 있었던 취객들
의 귀에서 머리로, 머리에서 기억으로, 그리고 세상적인 호기심으
로 취기와 함께 흘러들어가서 그때까지 어떤 지역과도 동네 이름과
도 연결고리를 가지지 않았던 우리 마마의 과거로 수직하강할 수
있는 중요한 발견처럼 들렸다. 얼마 후 그들 중 몇몇은 과거에 규슈
번화가에서 젊은 가수가 일으킨 사건 하나를 떠올렸다. 발군의 미
성과 가창력으로 기대를 받으며 규슈에서 도쿄로 상경한 소녀 가
수가 고향에서 교제했던 남성과의 관계를 청산하려 했으나 사태가
얽히고설키고, 소녀의 소속사와 그 남자가 관계된 지역 폭력조직까

지 개입하게 되고, 결국 경찰까지 동원된 사건이었다. 술집 많은 동네나 연예계를 털면 나오는 치정 싸움 중 하나였지만, 그녀의 마케팅 이미지였던 청초한 이미지와의 갭이 과하게 세상의 웃음을 사며 화제가 되었고 소동은 크게 보도되었다. 안타깝게도 인기를 막 얻기 시작한 소녀 가수는 그 불상사를 계기로 노래를 2곡밖에 발표하지 못한 채 은퇴를 할 수 밖에 없었던 것이다.

⋯⋯그거, 진짜 진미지. 그렇게 말을 하고 가스가이는 미즈와리를 한 모금 더 마셨다. 하야카와도 마지막 잔을 입에 대고, 지노 군은 남은 시샤모 한 마리를 머리부터 먹었다. 자고 있던 곤도를 뺀 세 사람 가슴 속에 그날 일이 떠오른다. 그런데 이 어색함은 이미 여러 번, 누군가가 시메사바를 주문할 때면 어김없이 반복된다. 그러니까 술이란 게 무서운 거지, 가스가이 노인은 그렇게 생각한다. 이것도 여러 번 반복한 생각이다. 술 좋아하는 사람은 어리석다. 가스가이 노인은 수첩에 그렇게 메모한다. 여러 번 반복해서.

아무렇지도 않은 표정을 짓고 있는 건 마마로 잠깐 찡그렸던 입가도 지금은 상냥한 미소를 띠고 있다. 하지만 그때 이후로 이 가게의 간판이었던 그녀의 노래는 두 번 다시 들을 수 없었다.

*

역 앞 바에서 집까지 걸어서 2, 3분이긴 하지만 어떻게 걷느냐에 따라 다르다. 천천히 걸으면 5분 걸린다. 돌아가면 10분 걸린다. 역 앞 큰길을 피해 집까지 돌아가는, 어두컴컴한 샛길을 곤도는 걸었다.

마무리로 먹은 마마의 주먹밥과 장국으로 배가 불렀다. 소리로 들릴 듯 말 듯 나지막한 목소리로 오늘 불렀던 곡을 흥얼거려 본다.

잊고 살았던 사랑의 속삭임

오늘밤 잠깐 찾아볼까

밭에서도 먼 강에서도 벌레 우는 소리가 들렸다. 약간 쌀쌀하지만 외투를 걸칠 정도는 아니다. 그게 아니라, 가게 의자에 걸어두고 온 게 지금 생각났다.

이불가게 사정도 녹록치는 않지만 한 동네에 오래 사는 사람들이 많아서, 낡은 침구 교환이나 이불 헌 솜 교체 등으로 당장 문 닫을 일은 없다. 매일은 안 되지만 이렇게 술 마시러 다닐 수 있다. 이것도 혼자 사니까 할 수 있는 거지.

외로워 그리고 슬퍼

차라리 상냥한 세레나데

고음은 벌레소리에게 맡겼다.

불확실함의 즐거움

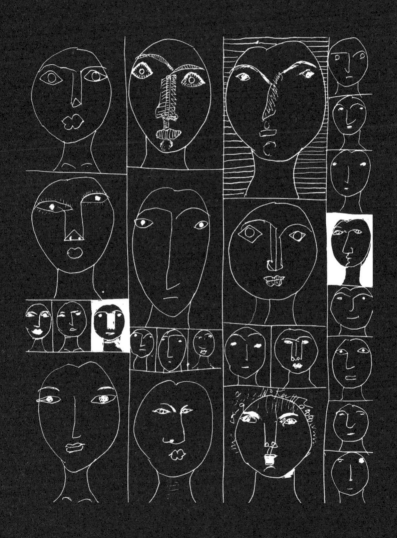

역자 후기

「산 자들의 밤」의 일본어 제목은 「死んでいない者」이다. 직역하면 '죽지 않은 자' 정도가 되는데 번역을 마친 지금, 다른 한국어역이 떠오른다. 왜냐하면 '死んでいない'는 문맥에 따라서 '죽고 (여기에) 없는'으로 해석될 수도 있기 때문이다. 이 소설을 다 읽은 다음에 이 역자 후기를 펼친 독자라면, '죽지 않은 자'와 '죽고 없는 자' 둘 다 의미할 수 있는 제목의 함의에 자신도 모르게 고개를 끄덕일 것이다. 혹시 역자 후기부터 펼친 독자라면, 지금 언급한 제목의 이중적 의미를 기억하면서 첫 페이지로 돌아가시기를 바란다.

　이 소설은 줄거리다운 줄거리가 없다. 달리 말하면 독자의 심장과 뇌를 자극할 만한 극적인 사건이나 반전과 같은 기복이 없다. 춥지도 덥지도 않은 시월, 사이타마埼玉 시골 어느 곳에서 이루어진 고인의 장례식에 3남2녀 자식들, 손주들, 증손주들, 그리고 지역

친지와 오랜 친구 등이 모인다. 소설의 중심은 이날 모인 사람들에 대한 이야기이다. 작중 현재 시점의 이야기 중간 중간에 그보다 과거의 일들이 등장하고, 모인 사람들의 이야기 중간 중간에 장례식에 오지 않은 사람들의 이야기가 펼쳐진다. 그리고 미래의 이야기도 짧게 등장한다.

결코 적다고는 할 수 없는 3남2녀 고인의 자식들에 더해 그 자식의 자식들, 그 자식의 사식의 자식들까지 한데 모였는데 사실 누가 누군지 정확히는 다들 모르는 눈치다. 고인의 불알친구 핫짱이 장례식에 온 손주들 중 제일 연장자인 다카시에게 고인의 손주들에 대해 물어보지만 설명을 들어도 다는 모른다. 손녀인 고등학생 지카는 자기 가족에 대해 생각하며 "자신이 태어나기 전이나 유년기에 관해 알고 있는 부분은 다른 친척집에 대해 알고 있는 정보와 크게 다를 바가 없다"고 느낀다. 이처럼 줄거리다운 줄거리가 없는 이 소설은 인간관계에 대한 명확한 설명도 해설도 해 주지 않는다. 어쩌면 독자는 복잡한 인간관계 그리고 그에 대한 부족한 설명 때문에 페이지가 쉽게 넘어가지 않는다고 불평할 수도 있다. 그러나 역자로서 한 마디 하자면, 불확실한 부분을 불확실한 채로, 그러나 그 불확실함의 존재를 잊지 않은 채 계속 읽어나가기 바란다. 이 소설의 재미와 힘은 바로 그 불확실함에 있다.

이 소설의 불확실함에 대해서는, 아쿠타가와상 심사위원 사이에서도 논의의 대상이었다. 예를 들어 오가와 요코小川洋子는 이 소설의 화자가 누구인지는 작가조차도 모를 수도 있다며, 어느 위치에서 등장인물을 보고 이야기하고 있는 것인지 그 정체가 불확실한 작중 화자의 불친절한 내러티브 덕분에 독자는 등장인물의 내면 속 빈 공간에 들어가 볼 수 있을 것이라고 말한다. 반면 무라카미 류村上龍는 화자의 불확실함을 있는 그대로 소설화했다는 측면에서 작가의 의욕적인 자세를 인정은 하면서도, 그러한 화자의 '애매한 시점'을 어디까지 독자가 이해할 수 있고 공유할 수 있을지를 문제시한다(『文藝春秋』, 2016년 3월). 논점은 작자가 설정한 불확실함, 애매함을 독자와 공유할 수 있느냐가 될 터인데, 일본근현대문학 연구자로서 역자는 오가와 요코의 손을 들어주고 싶다. 이 소설에는 고정된 화자가 없다. 다수의 화자가 '나'로서 등장하지만 그 '나'는 계속 변한다. 어떤 부분에서는 화자 '나'가 누구인지 잘 모르겠다. 그럼에도 불구하고 독자는 화자 '나'의 이야기, '나'가 하는 다른 사람의 이야기를 따라가는 데 어려움이 없을 것이다. 아니, 어느새 화자 '나'를 따라 하늘 위에서 아래를 내려다보는 독서 체험을 할 것이고, 또 다른 화자 '나'를 따라 바닷가를 거닐고 강물에 몸을 담그는 독서 체험을 하게 될 것이다.

이러한 불확실함, 또는 애매함은 이미 언급한 소설의 제목이 선언하고 있다. 다시 한 번 말하지만, 이 소설의 제목은 '죽지 않은 자'이자 동시에 '죽고 없는 자'이다. 고인의 장례식에 모인 '죽지 않은 자'들이 이야기를 이끌어 나가지만 동시에 이는 고인을 포함한 '죽고 없는 자에 관한 이야기도 되는 것이다.

　이러한 소설의 특징은 장례식에 오지 않은 두 손자, 히로시와 요시유키의 이야기를 통해서도 알 수 있다. 고인의 장남의 장남이므로 장손주가 되는 히로시는 현재 행방불명이다. 친척 안에서도 애물단지 취급을 받는 히로시의 두 아들은 그들의 할아버지이자 고인의 장남, 히로시의 아버지인 하루히사 부부가 키웠다. 히로시는 고인보다 먼저 세상을 떠난 할머니, 고인의 아내의 장례식 때 난동을 부리고 쫓겨났지만, 소설은 그러한 히로시의 불확실하기에 불안정한 내면을 담담하게 드러낸다. 맞벌이 부부였던 히로시의 부모는 할아버지 할머니에게 어린 히로시를 약 2주간 맡긴 적이 있다. 그때 부모 손길이 그리워 울던 히로시를 열심히 쓰다듬어 달래던 사람이 처음에는 할머니로 이야기되다가 후에 할아버지로 수정된다. 여기서 화자는 절대로 할아버지였다라고 단정하지 않는다. 어디까지나 "할아버지였을 것이다"라고 추측할 뿐이다. 이 시점에서 독자는 화자의 믿음직스럽지 못한 설명을 더 의심하는 것도 가능할 것이다. 울며 잠 못 드는 어린 히로시를 어르고 달랜 사람은 누구일까? 그런데 이러한 불확실함 속에서 확실한 무언가가 존재감을 발산하고 있음을 독자는 느낄 수 있을 것이다. 그것은, 히로시에게 있어서 할아버지와 할머니는 둘 중 누가 어린 자신을 달래줬다고 한들 상관이 없는 등가의 치환 가능한 존재이며, 그렇기에 히로시에게 할아버지와 할머니, 할머니와 할아버지는 똑같이 소중한 존재라는 사실이다. 이렇게 생각하면, 소설 속 가족 관계의 불확실한 설명은 오히려 틀림없이 피가 이어져 있는 '혈연'으로서의 가족이라는 관계성 그 자체의 확실함을 부각시키는 장치임을 알 수 있다.

고인의 차녀 다에의 장남인 요시유키는 중학교 때 등교를 거부하고, 어떻게 고등학교를 졸업은 했지만 그 후 혼자 사는 할아버지 댁 창고를 개조하여 자신만의 삶을 꾸려나가는 인물로 묘사된다. 그런 요시유키를 주변에서는 히키코모리라 여기며 염려한다. 요시유키의 아버지, 다에의 남편인 겐지는 자식과의 적절한 거리감 유지에 고민은 하면서도, 세상 사람들이 좋다고 여기는 관계성과는 꼭 일치하지 않는 그들만의 부모자식 관계가 반드시 나쁜 것은 아니라고 생각한다. 학교를 멀리하면서 친구들과 함께 음악을 연주하고는 했던 요시유키는 쉽게 말하면 음악 창작 유튜버로서의 삶을 살고 있다. 그런 그가 할아버지를 추모하기 위한 자신만의 방식으로 음원을 업로드했음을 요시유키의 동생 지카가 발견한다. 죽기 직전까지 고인과 한 집에 살았음에도 불구하고 장례식에 얼굴을 비추지 않는 손자 요시유키에 대해 독자는 불편함을 느낄 수도 있다. 그러나 요시유키는 자신만의 방식으로 할아버지의 죽음을 애도했다. 그것은 생전 할머니가 좋아했다고 할아버지에게 들은 적이 있는 노래를, 그 노래의 가수가 누군지도 모르고 할머니를 생전에 본 적도 없는 자신보다 어린 사촌들 앞에서 부끄러움을 무릅쓰고 부른 행위를 통해 구체화된다. 노래를 마치고 귀와 얼굴이 붉게 달아오른 요시유키는 어쩌면 사람들과 어울리는 일 자체가 어려운 성격일 수도 있다. 이를 극복하고 부른 노래이기에 요시유키로서는 최선을 다한 진심어린 애도가 아닐까.

요시유키의 노래 덕분에 그의 사촌들은 '직접 뵌 기억은 없는 할머니 얼굴'을 자신들의 두 눈으로 바라보게 된다. 그렇게 그들은 불확실한 할머니라는 존재를 자신들만의 확실한 무언가로 재인식하게 될 것이다. 고인의 손주들에게 고인 그리고 고인의 아내, 즉 조부모가 살았다는 사실의 무게를 확실하게 느끼게 해 주는 사람은 장례식장에 모인 고인의 자식들이 아니라, 이유가 불확실한 등교거부로 가족들 속을 썩인, 히로시와 마찬가지로 애물단지 취급을 받던 요시유키인 것이다. 요시유키가 왜 장례식장에 오지 않았는지 추측은 가능하지만 명시되어 있지는 않기에 불확실하다. 그렇지만 작중에서 그 누구보다 진심어린 추도를 실행한 친척은 다른 누구도 아닌 요시유키였다. 할머니에 대해서는 히로시가 그런 존재였기에 그의 부재의 무게감은 더 크게 다가온다.

술에 취한 지카는 어린 조카들을 이끌고 추도의 종소리를 울리겠다며 당당하게 나섰지만, 취기에 그만 길을 잘못 들어 강가로 가 버린다. 그녀는 얕은 수심에 온 몸을 담그는데 이 장면은 사실 소설 초반부에서 예고된 것이었다. "강이나 바다에 몸을 담가 보면 하늘 높은 곳에서 내려다볼 때와 같은 물리적 범람의 감각을 다소 얻을 수 있을 텐데", "하늘을 오를 수 없는 자는 이렇게 누울 수밖에 없다." 그렇게 하늘에 떠 있는 것 같은 느낌을 맛볼 수 있다고 4장의 화자는 말하는데, 그렇다면 결말 부분의 지카는 그야말로 하늘을 날고 있는 기분일 것이다. 그런 의미에서 지카는 이 세상 것이 아닌 감각을 맛보고 있고, 어쩌면 저 세상의 '죽고 없는 자'와 맞닿아 있을 지도 모를 일이다. 그러나 이 소설의 불확실함은 예컨대 산 자가 삶과 죽음의 경계를 들락날락하는 신비주의나 오컬트로 빠지지 않는다. 물에 잠기는=하늘을 오르는 지카의 손을 히로시의 아들, '죽지 않은 자' 히로키가 잡아주고 있기 때문이다. 히로키는 히로시의 장남이다.

장례식을 제재로 죽은 자에 대한 이야기가 중심이 되거나, 또는 죽은 자와 관련된 산 자에 대한 이야기가 중심이 되는 소설이라면 적지 않을 것이다. 그러나 「산 자들의 밤」처럼, 산 자에 대한 이야기가 곧 죽은 자의 이야기가 되고, 동시에 죽은 자에 대한 이야기가 곧 산 자의 이야기가 되는, 몽환적이면서도 리얼한 독서 체험을 선사하는 소설이 또 무엇이 있을지, 바로 떠오르지 않는다.

번역을 진행하는 도중에 가족관계표를 작성해서 중간 중간 확인하고는 했다. 그러나 번역을 마치고 역자 후기를 말하고 있는 지금, 그 가족관계표를 독자와 공유할 마음이 생기지 않음을 고백하고 싶다. 그것이 친척들의 관계성을 명확히 해 주겠지만, 그러한 명확화는 어쩌면 이 소설을 읽는 재미를 반감시킬지도 모른다는 생

각이 들었기 때문이다. 불확실함을 불확실한 채로 맛보는 즐거움-
그 즐거움은 불확실함의 반대편에 있는 확실함, 현실감, 리얼리티
등으로 불리는 어떤 질량감을 이전까지의 그것과는 다른, 전혀 새
로운 것으로 느끼게 해 주는 소중한 체험이다.

　함께 수록된 「야곡」 또한 불확실함의 소설임은 말할 것도 없다.
같은 시공간을 공유하지만, 동시에 더 이상 타인과 공유되지 못하
는 각자의 삶의 한 부분이 존재한다는 사실 그 자체를 공유하는
사람들의 이야기가 시골의 조촐한 스낵바를 중심으로 짤막하게 이
야기된다. 간결하면서 추상적이지만 사람이 살면서 겪을 수 있는
심리적 상황의 찰나를 포착하는 작가의 센스에 역자는 번역하던
손을 멈추고는 했다.

　작가 다키구치 유쇼滝口悠生는 1982년생으로, 2011년에 데뷔했으
니 이제 중견작가로 발돋움하는 중이라고 말해야 할 것이다. 2023
년에는 전쟁에 휘말린 오키나와 사람들을 그린 장편 『수평선水平線』
으로 예술선장문부과학대신상을 수상하기도 했다. 2000년대 일본
문학사에 이름을 남길 것이 분명한 작가의 첫 한국어역을 맡게 되
어 대단히 영광스럽게 생각한다. 좋은 소설의 번역 기회를 주신 마
르코폴로 김효진 대표님께 감사드린다. 교정과 디자인 등 힘써주신
관계자 분들께도 감사드린다.

　가족 또는 가까운 사람들의 담담한 이야기를 환상적인 내러
티브를 통해 전달하여, 독자의 상상력을 이끌어내고 공감을 유도

하는 작가 다키구치 유쇼의 문학을 많은 독자가 접하기를 바라
는 바다.

2024년 5월
이승준

1판 1쇄   2024년 5월 28일
ISBN   979-11-92667-53-9 03830

저자   다키구치 유쇼
번역   이승준
편집   김효진
교정   황진규
제작   재영 P&B
디자인   우주상자
펴낸곳   마르코폴로
등록   제2021-000005호
주소   세종시 다솜1로9
이메일   laissez@gmail.com
페이스북   www.facebook.com/marco.polo.livre